中國古典文學基本叢書

查慎行詩文集

第二册

〔清〕查慎行 著
范道濟 輯校

中華書局

本册目録

敬業堂詩集卷七

假館集下

敬業堂詩集卷八

人海集

敬業堂詩集卷九

春帆集

敬業堂詩集卷十

獨吟集

題壁集

敬業堂詩集卷十二

橘社集

敬業堂詩集卷十三

勸酬集

敬業堂詩集卷十四

溢城集

敬業堂詩集卷十六

客船集

敬業堂詩集卷十七

冗寄集

敬業堂詩集卷六

假館集上起乙丑正月，盡一年。

甲子秋闈被放，將出都，適黔撫楊公內擢少司馬，相留邸舍。丙寅冬，公以養親告歸，臨别檢點詩笺，得若干首，蓋從公唱者無過數篇，餘皆應酬雜作，分上下兩卷。

乙丑元日立春

忽於此地逢元旦，况復斯晨屬早春。萬里關河雙眼雪，半年衣袖六街塵。閑門客少詩初就，老硯冰堅墨未匀。擬遣家僮擇歸日，曆頭愁换一行新。

人日和朱大司空作

纔到春晴馬意驕，金溝流水玉河橋。東風吹緑鱗鱗活，倒捲餘寒上柳條。

錢幼鯤將遊江右以詩留别和送一首

西江吾舊到，爲爾唱《驪駒》。山縣稀逢驛，風帆健過湖。别離無善狀，貧賤有長途。草色春衫外，飄零奈酒徒。

鳳城新年詞八首

其　一

萬歲山前百戲陳，内城排日作新春。金錢多少纏頭費，半出朝元會裏人。

其　二

綺羅珠翠極鮮新，襦袴誰憐雪裏貧。一樣昇平好時節，兩宫春帖進詞臣。

其　三

杏黄韁配紫貂鞍，天子親祠祈穀壇。前隊不教傳警蹕，萬人齊傍馬頭看。

其　四

纔了歌場便賣燈，三條五劇一層層。東華舊市名空在，靈祐宫前另結棚。

其　五

雀翎風細遞傳呼，三日君恩有賜酺。飛放泊前騎馬入，文官班次執金吾。

其　六

巧裁幡勝試新羅，畫綵描金作鬧蛾。從此剪刀閒一月，閨中針線歲前多。

其　七

添得樓中幾日忙，簇新裙帕紫姑裝。一年休咎憑伊卜，拍手齊歌《馬糞薌》。

其　八

繭紙輕敲作鼓聲，啣環絡索鐵錚錚。踏歌連臂同兒戲，何限年光付送迎。

花朝前四日朱大司空招遊南莊同田荆巖編修作

馬首年光柳色新，郊原一榼去尋春。題詩我是重來客，稱意花如舊識人。青嶂捲簾晴帶雪，好風擡袖座除塵。公如早爲蒼生出，絲竹陪遊得幾巡。

石隝山莊爲王咸中賦即送其南歸

十載才名滿帝都，明朝襆被竟歸吴。重穿曲逕尋蒼隝，獨上高樓望太湖。放艇有人春載酒，打門無吏夜催租。眼前此境殊難得，或恐桃源但畫圖。

疊舊韻送研谿南歸三首

其一

軟塵堆裏出都亭，却指家山入畫屏。笲到清明沙路盡，一鞭淮岸柳條青。

其二

陌上重聽《緩緩歌》，家如傳舍偶經過。一身有母尤應惜，負米終如欲出何。

其三

辛苦京華二十春，枉緣篝火勘窮塵。有才如此吾猶惜，未必天終老是人。

春分前一日再遊南莊

每從遊賞發詩端，草色烟光漸滿欄。興到不辭連日醉，春分猶剩幾朝寒。晴邊苑路差宜馬，低處花枝欲礙冠。二十四番風信在，與公一度一來看。

刑曹關内馬公出知杭州謹呈古體一首

名賢展經綸，動與事權會。何當量才地，屑屑較儕輩。明公藴蓄奇，出手世無對。關中昨寇亂，豕突掩不戒。公時在鄉閭，倉卒發雄槩。一呼集義勇，指畫定向背。登陴氣勢壯，强賊逡巡退。守土非無人，儒生握成敗。上功得州牧，報績果稱最。迴翔歷曹郎，再使聲華沛。蔚州老司寇，許予少置喙。推公賢且能，謂足壓當代。昨來榷北關，吾杭扼要害。流風揖士子，積弊剔駔儈。至今蔽芾棠，勿剪頌遺愛。大廷崇吏治，一例視中外。此郡復煩公，托付意有在。府治統九城，東南江海滙。連山際西北，中晝吴越界。繁華昔或然，疾苦今百倍。婦女力蠶桑，丁男勤耜耒。先時辦公税，絲縠長早賣。供億苦多門，奸胥巧科派。弱同几上肉，色有豐年菜。况今兵燹餘，水旱互痌瘝。千里水陸衝，六年轉輸憊。稍期甦喘息，亟望爬瘡疥。租從巡幸蠲，圖覬流亡繪。公今乘傳出，膏雨行當霈。兒童騎竹迎，父老扶杖拜。賤子本部民，饑驅走邊塞。歸耕自兹決，直欲從公邁。

上巳後二日同楊耑木出彰義門次日抵涿州馬上口占

放慢遊韁信意行，不教馬力困兼程。草低天遠盧龍塞，柳暗烟濃涿鹿城。遷次心情移客夢，蹉跎鄉社負躬耕。杏花開過清明節，猶記横簫聽賣餳。

奉陪朱大司空松林看杏花同吴楞香許時菴王薛澱吴匪菴諸公分韻二首

其一

偶逐肩輿出郭行，蹇驢斜照一鞭横。平分節物歸僧舍，背指風沙帶帝城〔一〕。好鳥啼能添野趣，晚花開及向春晴。作詩自取排吟興，何必留題識姓名。

〔一〕「帶」，《原稿》作「隔」。

其二

煖烟濃靄互交加，樹裏孤亭四面遮。杏酪已調初改火，松濤忽瀉正烹茶。内官老作茆菴主，遠客閒看禁苑花。果園已屬内廷。多謝東風不相笑，一枝歸壓帽簷斜。

鳳阿山房詩爲侯大年題册

畫稾吟多手自芟，桐花昨夜夢千巖。羽毛大好君應惜，從此歸飛正不凡。

送徐毅庵歸梅里

緑槐陰下一條街，五度東風感計偕。路盡始知村舍好，調孤肯與俗工諧。雲開馬首重經嶽，毅菴歸途將登泰山。絮暖鯗魚恰渡淮。想到溪南好風日，家人已製笋皮鞋。毅菴不喜著鞾，故云。

送祝彦方落第南還

來何艸艸去匆匆，帝里春殘悵别同。歸燕吟成芳草外，跨驢人老落花中。枉緣腰扇遮西日，悔逐烏裘障北風。駱賓王詩：「烏裘十往還。」勸爾一杯須作達，畫眉何取入時工。

次德尹見懷原韻二首

其一

倦飛無力出風塵，每對來書輒損神。失路又成三歲别，賣文何補一家貧。浮生泛梗仍孤影，上苑攀花偶故人。多少五陵裘馬地，等閒狼藉路傍春。

其二

爛醉旗亭得幾塲，鄉愁如海詎勝量。花紅村社巢邊燕，草緑春陂雨後羊。每送歸人因得句，漸消奇氣不成狂。便思短策飄然去，檢點征袍已入霜。

送楊耑木歸里兼寄朱日觀錢昭平朱與三王子穎陳補思寄齋諸同學

悵斷河梁又一回，留真無策去徘徊。笑能傾國時方妬，曲到知音調始哀。別語感君如骨肉，故人疑我竟塵埃。相逢爲話狂猶昔，只是生疏酒伴來。

端陽後一日同人集朱竹垞表兄齋分韻

愛君庭户清絶，比似長松夏寒。荷柄香含風幔，櫻珠紅吐冰盤。閒人不妨鬥酒，樂事無如去官。同是江湖倦翼，可憐萍聚長安。

送郭臯旭歸平湖

屢卜行期又屢愆，一官空憶廣文氊。飽經世味貪歸路，老傍時名狎少年。席帽白堆蓬鬢雪，布帆青入柘湖天。倦遊未必非良策，萬頃烟波待釣船。

畢鐵嵐僉事將督學貴州枉問黔中風土短章奉答兼以送行

浪遊我昨趨黔境，一線乾坤歎蹭蹬。辱公就我來問塗，臨別能無片言贈。此邦風物口能説，筆墨形容反難罄。但從記憶得大凡，一一舟車往堪證。荒程杳邈六千里，冷署蒼涼十三郡。荒山無樹茅紛披，亂水分溪石綿亘。金蠶閃閃夜放蠱，苦霧濛濛晝埋穽。經過密箐偶逢人，雙眼睢盱語難聽。裹頭黑獵氈覆膝，赤脚花苗裙及脛。呼同山鳥似有名，籍隸官司總無姓。其中一二稍秀拔，略解詩書誦賢聖。憑將流寓較土著，有似蓬麻草中勁。卅年況復兩遘亂，孑孑殘黎偶然剩。此時收斂加冠巾，亟賴名賢計安定。先生制藝傳海内，隱括家家奉龜鏡。昨年選曹得兩浙，私爲鄉人喜稱慶。公赴銓選，初除浙江學使，已而改授。朝廷有意變成格，使者移官膺後命。勿輕荒徼愁遠宦，此去依然執文柄。五丁力在山爲開，尚闢蠶叢作蹊徑。苗民雖頑亦人類，向化何嘗絶天性。從來教養視人事，豈謂聲呼無響應。幕中浦郎傅功況才士，唱和溪山好乘興。公聞此語當囅然，快束行裝倚鞭鐙。

送葛受箕赴建陽丞

南行風土近鄉關，路轉三衢第幾灣。簿領老除新佐貳，幔亭天與好溪山。松間日影哦詩過，花下文書判尾還。葛工楷書。如此襟期原不俗，宦途有味是蕭閒。

喜外舅陸射山先生至都六月望後爲先生初度同學數子置酒容園爲壽敬賦長句四首以侑觴

其一

幾遍芒鞋踏帝畿，星埃頭上片雲飛。漸除豪氣終違俗，纔卸行裝便憶歸。晚節尚餘文筆在，舊遊併覺酒人稀。清時肯擅徵君目，收取聲名待拂衣。

其二

夜夜星明處士天，青山高卧奈無緣。《癸辛志》每隨行笈，甲子詩多入紀年〔一〕。未定草堂天寶後，就荒松徑義熙前。身爲甫里先生裔，莫笑貧無一稜田。陸魯望詩：「我本曾無一稜田。」

〔一〕「甲子」，《原稿》作「甲乙」。

其三

小别回頭又隔年，重瞻鬢髩轉蒼然。採芝園綺今無伴，善飯江湖老亦仙。簾閣日長棋算劫，荷陰人去鶴看船。過從最憶須雲閣，老樹濃陰庇亂蟬〔一〕。

〔一〕按,《原稿》有小注:「須雲閣,先生藏書處。」

其　四

尊酒名園借榻餘,眼中泉石自清腴。同來我亦辭巢燕,暫止人猶愛屋烏。新沐頭輕從鬢秃,穿花步穩倩藜扶。尚平此日差無累,懷袖親攜《五岳圖》。

送李蒙山回嘉禾任次外舅韻二首

其　一

敂弦歌罷水風凉,碧野秋遲未剪霜。報道今年官酒賤,公畦小稜秫花香。

其　二

衣裘容易改寒暄,來往無端閲使軒。歸夢隨君到蘋末,白鷗飛處是田園。

苦雨次少司馬楊以齋先生原韻二首

其　一

連旬暑雨不曾休,邸舍焚香兀自愁。猶勝萬重烟瘴裏,五年三伏滯炎州。

其　二

剥啄聲稀退食堂，生衣十日透新凉。閒中筆墨能添潤，一桁簾波潑硯光。

柬朱竹垞表兄時移居古藤書屋

整妃牙籤萬卷餘，誰言家具少于車。僦居會向春明宅，好借君家善本書。宋次道居春明坊，家多藏書，皆校三五徧，推爲善本。士大夫喜讀書者，多居其側，以便借抄。當時春明宅子，比他處僦直常高一倍。

酬别鄭寒村

闌風伏雨兼旬卧，晴路一鈎新月破。簾前暑退得新凉，門外泥深成埳坷。此時有客過言别，躄躠毛驢壓歸馱。囊空鄰酒賒不來，醒眼相看但愁坐。一篇削藁辱佳序，寒村臨行爲余序《慎旃二集》。七字留詩慙屬和。余才弇陋非爾敵，强以珠璣承咳唾。甬東同學屈指論，往往傳經接師座。余與寒村俱出黄門。故人再與瀛洲選，謂介眉、滄柱兩太史。一鄭滎陽尚摧挫。失羣行李獨淹泊，有價文章久傳播。燕山此度六往來，未免征衫被塵涴。干時少術非爾病，當路無援是誰過？向來人盡棄所長，遠到君能見其大。古人可作迺殊代，同調相求凡幾箇。勿將時命較窮通，只許才名出寒餓。羡君有志成果決，笑我無端逐游惰。偶逢知己私自嘆，每送歸人輒相賀。荆榛滿地羊觸藩，日月周天蟻旋磨。故鄉樂事殊可憶，欲往從之正無那。秋風一騎不可留，八月江田熟香稏。

范性華徵君屬題陳憐小影

小像沉香手自熏，前期如夢却疑真。五湖忍負閒風月，爲少扁舟共載人。

送聲山姪之湖口二首

其一

自憐萍梗尚京華，勸爾江湖飯好加。南北豈堪頻送别，去留等是未還家。遠書到眼秋垂泪，時聞韜荒兄長沙訃信。隻影挑燈夜落花。如許流光真痛惜，校量何計穩生涯。

其二

萬頃波心坐白鷗，一天凉雨到扁舟。三年廬阜虚前約，往在南昌，與聲山相約入匡廬，度歲不果。兩度潯陽感舊遊。帆葉依依重入夢，蘆花瑟瑟正交秋。青衫尚洒琵琶泣，那得平銷我輩愁。

墮馬歌爲朱悔人賦用李茶陵集中韻

朱髯别家久不歸，如鳥羽倦猶孤飛。踵决曾穿雪中履，綫綻未補秋來衣。長安城中多第宅，年少翩翩好裙屐。青絲絡馬裝馬鞍，騎出從誇新買得。髯乎足不出户庭，塵高十丈看横行。忽然欲詣良友酌，正坐倚壁空缾罌。蹇驢力小不任重，性命敢謂男兒輕。牽來未識北馬性，借得大感東家情。掀髯却上跨韉坐，掣雷流星一鞭過。此時逸足縱莫收，造父旁觀巧難佐。跅跑駕馭良匪易，馬上人從馬前墮。鏡中欲博齵齒笑，賦裏偏憎插花賀。康莊大道城西阿，失足何必皆坡陁。有生所事非意料，未許輕薄相嘲訶。當年頗怪王處仲，曾爲伏櫪生悲歌。虎頭失計始投筆，猿臂何物誇横戈。不如漢陰歸閉户，安穩生涯信徒步。未成矯矯鶴南飛，那免煢煢兔西顧。夕陽牛背輸牧豎，夜雨蘆中負漁父。故人乘車爾戴笠，此作參軍彼主簿。天生爾以不羈才，困躓風塵是誰誤。眼前只作墮馬看，一跌無端豈終仆。叩須肯赴舟子招，將伯誰爲輔車助。我生鹵莽事奔走，屈指嶮崎經畏路。尚逐他人肥馬塵，浪遊此出凡三度。似聞樊圃限狂夫，便合因君警晨暮。

上少司成徐蘋村先生二首

其一

數仞宫墻入望新，鼓鐘相應在成均。何期當路心猶折，如此憐才意始真。魚鬣欲騰燒後尾，琴材偏賞爨餘薪。百川東下何須問，賴有狂瀾手障人。

其二

韓愈猶居博士員，風流此外孰隨肩。來參講幄三千士，及聽聲華四十年。樂地不踰名教外，人才都定笑談前。讀書射獵論初志，直爲從公願執鞭。

送周雪客赴太原藩幕兼訊安邑丞陳六謙

半年裙屐軟紅塵，旅橐多緣好事貧。手板老方除佐領，幕僚古亦屈才人。巖關夜度荒鷄月，絶塞秋高一雁賓。投轄舊遊豪氣在，莫將俗吏視陳遵。

題張漢瞻望雲圖兼送其歸睠城

風流取相賞，至性關感動。我交天下賢，孝友得張仲。學成家轉貧，母在身愈重。長因負米出，屢缺晨昏奉。天如憐斯人，不忍付寒凍。但令邀一第，薄少分半俸。逋尾戀慈烏，奇毛刷雛鳳。中情稍自慰，白髮免尸饔。如何舉子場，久抑禮部貢。賣文給衣食，頫首逐儕衆。三年長安城，側足塵澒洞。布衣慈母綫，風裂秋來縫。坐遣望雲心，時時結飛夢。誰從筆墨下，寫此肝腸痛。披圖見君意，我乃有餘恫。平生《蓼莪》詩，廢置忍再誦。菽水不逮親，偷生復奚用。君今及歸養，此樂世罕共。板輿隨春遊，金經侍晨諷。好與劚雲根，靈諼手親種。

送汪寓昭南歸

國家制科設，取士數亦夥。苟非得其人，膴仕真瑣瑣。子來試南宫，命中弦激笴。千言屬廷對，一一明珠顆。謂宜遂騰上，帽壓宫花朵。羣飛或刺天，而子足猶裹。束書欲南下，躑躅每未果。草草薄遊裝，昏昏短檠火。半年仍旅食，今始買歸舸。一涉仕宦途，古人比韁鎖。子方富年力，抱負况磊砢。更讀十年書，識老才亦頗。井然見經濟，歷試靡不可。得第未得官，於遇非轗軻。子如歎失意，何地更處我？

送何雪神宰溧陽

嶺表才名久軼倫，一官江界去逡巡。五千里外飛鳧地，三十年來謁選人。可有孟郊爲縣尉，長容閔貢作州民。謂宋梅知。鳴琴以外無公事，花氣能銷簿領塵。

周廣庵編修席上分賦秋蘆十六韻

秋入江湖濶，天連葭菼荒。懷人方渺渺，極目但蒼蒼。摇落空洲畔，參差枉渚傍。拂莖看漸老，抽笋記初長。露壓梢梢重，聲添葉葉凉。戰風迴折戟，溜雨得沈槍。寒水依痕静，殘暉弄影忙。白疑先挾雪，青愛乍經霜。暗浦菰交暝，沙田稻映黄。就橋迷蟹籪，引路入漁莊。錯莫招窮士，延緣阻一方。寒蟬遺晚蜕，遠雁落斜行。觱篥悲辭漢，琵琶怨嫁商。托根隨地有，薄植過時傷。織箔思蠶事，編簾隔草堂。刺船如有約，吾興在滄浪。

秋夜集古藤書屋時梁藥亭將歸南海聯句送行此首亦刻《曝書亭集》。

露葉倦未飄，雲鴻遠相引。朱竹垞。星埃感蓬勃，物候變凄緊。湯西厓。慅慅八達逵，有客發修軫。悔餘。僕夫在郊坰，稌黍被隰畛。梁藥亭。梶車浮淪瀾，舍櫂度巊嶙。朱。雷殷風息居颸，海大魚見鰵。湯。峽猿有時歸，南雪終不賈。查。八九月之交，六千里而近。梁。懷興雖洽，判袂情詎忍。朱。置酒青藤陰，入門走蛇蚓。湯。颸颸凉颸動，灩灩纖月隱。查。山杯深窪匏，野菽脆嚼菌。梁。迎寒笳卷葉，戒夜鼓鳴簨。朱。談鋒騁趫雄，詩械破窒窘。湯。毫毛秋穎脱，墨光古香吮。查。臨當黯然别，且復莞爾哂。梁。炎瘴固所便，眠食勗惟謹。朱。行看早梅墊，到及蟄蟲蠢。湯。前期久勿忘，鄉夢今迺準。查。穆如清風篇，持以示均尹。梁〔一〕。

〔一〕按，《原稿》有小注：「謂翁山元孝。」

再送梁藥亭次大冶司農原韻

草低天遠見牛羊，九月燕山早得霜。去國一樽秋惜别，入時雙黛老羞長。飛鴻與作書空字，落葉輕如度嶺裝。一物差堪銷客況，難拋鄉味是賓郎。

王黄湄給諫屬題紅袖烏絲圖二首

其　一

十級丹梯百媚城，小欄高下得芳情。美人一笑花齊放，爲報毫端錬句成。

其二

横幅看題幼婦辭，箇中多識背時宜。只除一事曾瞞却，諫草焚來不遣知。

重陽後一日長椿寺讌集聯句此首已刻《曝書亭集》，今附録。

九日倏已過，姜西溟。濕雲漫四郊。森森長雨垂，朱竹垞。颯颯虛檐捎。病葉戀冷枝，梁藥亭。驚烏盤空巢。晨興踐夙約，陸射山。攬袂皆貧交。勝引雙樹林，魏禹平。宛若深山坳。藤綰三秋蛇，張漢瞻。槐舞千歲蛟。赬柿迸露實，朱悔人。金英坼霜苞。紅的的吴萸，陳叔毅。碧茸茸秦艽。瓦溝竄鼯鼪，湯西厓。户網牽蠨蛸。蘚深鼠屭伏，查悔餘。篆古蒲牢哮。粥魚晝浩浩，俞大文。墻鷄午膠膠。光景欻明晦，姜。眺覽窮榗欃。新酎緑滿斝，朱。晚菘黄充庖。豈意青豆房，梁。俄頃羅嘉肴。鳴薑賸紫蟹，陸。題糕餘彩貓。子鵝新韭配，魏。鮮鯽枯荷包。已見雉膏登，張。况有兔首炰。分曹玉鉤射，朱。角力骰盤拋。急觴易沈頓，陳。緩帶便爬抓。一飲動一石，湯。載號或載呶。同聲唱者和，查。含意漆在膠。五言乍妥貼，俞。十手争傳鈔。雖乏《韶》《濩》音，姜。肯使《下里》殽。合并洵匪易，朱。顧我中心恔。歸帆艤艕舠，梁。别騎籠鞦鞘。邐迤陟荒岡，陸。邪許搴長筊。免泣卞和璞，魏。且誅宋玉茅。屮縛不借履，張。泉酌呺然匏。檳榔蕉椰荔，朱。都蔗菱菰茭。鷄頭祖竹萌，陳。翠羽官梅梢。熟知江鄉樂，湯。莫厭潮田磽。招隱丘中琴，查。勵志貢上爻。豈必馬足塵，俞。逐逐營斗筲。姜。

送侯大年歸嘐城

惠子春深跨白驢，惠元龍歸吴。季鷹秋晚憶蓴鱸。張漢瞻歸嘉定。窮歸甌粤吟詩客，高雲客還閩。老奉龍舒養母圖。方田伯返桐城。過闕梁鴻仍感噫，梁藥亭歸嶺外。多才王勃尚江湖。王孟穀自楚入滇。君今又掛南帆去，寂莫黄公舊酒壚。

顧培園宫贊寓齋燈下賞菊探韵限爲字

劈牋重和去秋詩〔一〕，葉底花前榻未移。却對清尊驚候晚，尚留名種愛開遲。閒情特許攜燈就，畫藁猶煩蘸筆爲。莫話陶家三徑事，年年此景負東籬。

〔一〕「劈牋」，《原稿》原作「壁頭」，後改爲「擘箋」。

劉雨峯兼隱齋小集

四門稱博士，五載住京華。客醉新支俸，庭開手種花。塵埃何處着，書帙逐年加。不道成兼隱，官清只似家。

禹平南歸詩以志別

辛苦論交地，追歡得幾回。却忘吾久滯，翻望爾重來。才恐隨年退，眉還仗酒開。知音真有數，流俗任相猜。

燕臺歲寒雅集同王后張錢越江顧九恒彭椒嵓吴萬子孫愷似王崑繩錢玉友徐子貞高遠修孫子未王巖士陳叔毅湯西厓談未菴馮文子俞大文家荆州作二首

其一

一天殘雪冷晴暉，高會金臺近已稀。我輩論交終落落，他鄉對酒倍依依。蒼茫敢信前期在，輕薄翻疑古道非。得路何人能折節，向來同學儘輕肥。

其二

檐花檐雨夜沈沈，猶憶年時載酒尋。忽漫回頭成昨夢，每從失路撿初心。殘棊吴越尊前壘，短褐冰霜歲晚吟。同調尚留公等在，敢憑餘子説知音。

偶過史胄司編修齋賦贈

每從朝退得閒情，深巷稀傳剥啄聲。視草才矜編集富，簪花格愛學書成。茁來玉樹枝枝秀，賞到冰壺事事清。怪得官清能下士，五年前是一諸生。

敬業堂詩集卷七

假館集下 起丙寅正月，盡十月。

寄題宋漫堂觀察園亭六絶句

緑波村

村烟雨外青，沙草岸頭碧。欲知春淺深，風到鱗鱗活。

芰梁

菱角初翻刺，鷄頭未剥圓。凉風吹酒醒，人上過溪船。

放鴨亭

春水緑于頭，春花紅似掌。漸次去人遥，鳧鷗雜三兩。

和松菴

團瓢不翳茅，擁蓋松陰下。茶熟正吟詩，風濤入懷瀉。

釣　家

魚篷閣淺灘，閒却絲綸手。長被酒家翁，紅腮偷貫柳。

緯蕭草堂

白鳥點蒼葭，沿流略彴斜。愛他丞相第，簾箔似村家。即文康公舊居也。

送顧九恒南歸

柳汁春回翠滴衣，羽毛雖好奈孤飛。行期屢改今才決，同調無多去轉稀。换眼舊遊隨夢散，掃眉新樣入宫非〔一〕。杏園已是攀花客，終勝初程下第歸。

〔一〕按，此句下《原稿》有小注：「顧不預館選，故云。」

俞大文出都同人祖席分韻得郎字

客中送客春茫茫，投牀夜夢得故鄉。前五日九恒别去。旬來怕聽叩門别，君又結束匆匆裝。出都贈行例有句，况我與子情難忘。我時正坐作詩瘦，不耐冷淡搜枯腸。典衣且復就劇飲，醉後亂發如風狂。憶君年當十五六，談笑目已無盧王。曾蒙佳什盛許予，駘駑質下非敢當。辛亥秋，大文賦《駿馬篇》見贈。厚意寧能久不報，積逋耿耿今粗償。識君最早莫如我，只恨岐路趨殊方。萍踪一散十三載，兩曜轉轂驅星霜。班荆故國再相見，孝廉船繫禾城傍。才人生還話絶域，詞客遠别歌河梁。以上叙癸亥春與大文、撝謙同集吴漢槎鴛湖寓樓事。片帆湖口浪滚滚〔一〕，匹馬薊北冰硠硠。竭來酒市並僦舍，我極潦倒君飛揚。故人聯翩貢禮部，屈指仇滄柱顧九恒徐子貞陳廣陵汪寓昭。君於其間最年少，争看白面俞家郎。風擡袍袖緑陰合，花壓帽影紅綾香。文章自足取高第，仕宦何必皆巖廊。旁觀愛才或太息，達士安命無摧傷。鑾輿昨者東幸魯，曠典百代傳輝煌。君今應聘往纂述，豈異扈蹕來登堂。直從國書採鉅麗，不比家乘搜散亡。誰云小試著作手，會見奎壁垂天章。時大文應衍聖公聘，纂修幸魯盛典。偶然便道一返里，山青雲白遥相望。眼前合并那易得，歸興未抵離愁長。鞭鞘已出軟塵外，裊裊絲路穿垂楊。

〔二〕「口」，底本作「日」，誤，據《原稿》改。

移居詩爲姜西溟作

自我來都城，三見君移居。前年街東住，夕陽到庭除。殘冬徙巷南，北户風攪裾。今臨大街西，朝日明窗疏。短生寄長世，天地猶蘧廬。矧乃一榻安，韡韡良有餘。君才本絶代，應召來公車。姓名上史館，著作登石渠。太倉五升米，既飽同驢娱。漆光拭修髯，外澤中不枯。有時典裘褐，間架如期輸。卷軸不用籤，錯置圖與書。偶從移居候，整娖驅蟫魚。經句復成堆，零亂巾箱厨。即此見真率，寧能事奔趨。朱門曠蕩開，無地置爾軀。請看名山業，終古歸繩樞。

王忍亭主事招遊相國宛平公怡園二首

其　一

沙路開三徑，名園甲九州。不緣君愛士，那得客同遊。好鳥來宫樹，春冰落御溝。野人雙眼豁，初見賜書樓。

其二

見説門前路，嗚騶日日來。簇燈春宴罷，踏鼓早朝回。華萼居相望，平泉第對開。從來論相業，原不廢亭臺。

上大司成翁鐵菴先生

虞山龍蜿蜒，昂首挹海若。滙爲人文藪，嬗興代有作。我公實名家，間世出騰躍。却將波瀾勢，捲起向寥廓。國家取士途，隱括制仍昨（一）。後生奉師程，體裁就拘縛。鼉叢嵎負固，斤斧孰開鑿。巨手得韓歐，呀然啓鐍鑰。文昌一星曜，餘若螢火爝。以此結主知，迴翔上館閣。十年執文枋，出入兩不怍。東郡昔掄材，雲羅恣搜索。遂令齊魯風，一變起積弱。至今劒光在，識者辨干莫。文運際中天，四方視太學。頗聞長老語，斯地久寂寞。簴簴器空懸，豆籩禮猶託。春秋刲羊豕，朔望奠斝爵。四門官俸輕，六館廩餼削。惟留古時柏，枝榦尚盤礴。花甎饑啄鷹，鬥栱暮巢雀。庭荒狐狸竄，人去蝙蝠掠。壁書畫摧殘，獵碣字剥落。偏傍按點鷫，星隕不可攫。自從萬乘臨，廟貌再丹雘。皋比位祭酒，此座不輕著。新城轉官去，士氣孰聯絡。公來一震聳，造就指不各。外貌謙以和，中懷嚴且恪。從公日于邁，人有執經樂。圜橋看濟濟，在泮咏蹻蹻。方當發賁鏞，豈獨警遒鐸。三千萃絃誦，餘地故綽綽。移時具規槬，次第布條約。經術植本根，史書覽大略。詞章及文藝，餘事柎承萼。必若計栽培，先須破根挌。力圖古制復，事異虚名博。昫者春達萌，釋如秋解籜。時情重成例，清議動多格。憐才出至性，此意感非薄。賤子望塵來，三年客京洛。門墻雖濫廁，鞭策稍知矆。公于汲引塗，取予必斟酌。何期納百谷，亦復收一勺。傾傃方自兹，惟公鑒葵藿。

〔一〕「隰」，底本缺，據《原稿》補。四庫全書本《敬業堂詩集》卷七作「帖」。

清明日同玉友荆州出右安門就旗亭買醉晚至朱大司空花莊復留劇飲即事四首

其　一

新烟淡淡柳梳梳，雨洗輕塵出郭初。遠客不知京國好，酒旗風裏話田廬。

其　二

三鴉岐路小車歸，一曲花遊簇作圍。春色盡隨紅艷隊，明朝蛺蝶滿城飛。

其　三

聯鞍緩鞚去逡巡，覓句沈吟苦門新。忽漫詩成狂拍手，墮鞭驚起馬頭塵〔一〕。

〔一〕按，此句下《原稿》有注：「時日荆兄墮馬。」

其　四

典衣偶出爲尋春，重向名園叙主賓。慙愧公卿傳好事，一時狂號屬三人。

摩訶菴看杏花次司空公原韻

壺盧酒熟鳥催提，路轉松迴别有蹊。艷入繁枝停畫鼓，淡教微雨洗花泥。開遲翻悔來看早，興好方嫌飲量低。却被閒僧嗤好事，一雙蠟屐舊曾攜。

三月三日朱大司空招集南莊限三字

一旬雨雪春淹淹，餘寒尚彌三月三。滿城花信近桃李，客舍冷落思江南。司空園亭傍水際，初已有約來停驂。郊原霽色忽入眼，豁若明鏡初開函。草凝露光翠撲撲，柳挾風勢青毵毵。檐牙燕巢看新補，枝亞雀鷇俛可探。蘭亭勝事俗久廢，京洛良會情尤耽。轆轤轉水百尺底，繞砌曲折歸澄潭。不須絲竹發豪興，自有風雅供清談。銅壺静傳竹箭響，鑾榼遠費桃枝擔。先生名高暫解組，公子官好能抽簪。閒從門生諸公皆先生門下士。奉几杖，猶許野服來相參。古道力持公自厚，羣賢不鄙余懷慙。久留帝鄉亦何爲，土俗節次差能諳。

放鐘撇卯等兒戲，歲月過隟真奚堪。大杯一澆壘塊散，得飲且復拚沈酣。前期更有聽鶯約，預辦斗酒攜雙柑。

喬石林侍讀一峰草堂看花同外舅陸先生朱十表兄錢越江周青士孫愷似湯西厓分韻

愛花成癖不待招，春來徧踏東西郊。起聞啼鴂送春去，猶跨短蹬摇吟鞘。斜街草堂地清絶，瘦藤當户拏老蛟。土墻面面紅窣堵，沙徑曲曲青盤坳〔一〕。欒頭暗皴高下石，亭子乍翦離披茅。巧從陰借桃李杏，惜少水養菰蘆茭。棠梨素粧太淺澹，繁蕊亂拆丁香苞。新開海棠好顔色，兩樹氣壓千花梢。主人爲言初買得，舊根帶土枯蒲包。擔頭親爲解其縛，位置特許依書巢。栽培本關造物意，人事未盡休輕嘲。蚪泉口嘗手自灌，及見紅艷青葱交。他人買園身不到，君乃僦屋情難抛。花時連日得休沐，剥啄有客門頻敲。行攜几榻隨分設，野蔌蒸薺樽窪匏。偶然興到觸佳句，已被萬手争傳抄。我詩不工强屬和，出語毋乃同號呶。不成甘受金谷罰，忍負新月垂弓弰。

〔一〕「沙」，《原稿》作「莎」。

是夕再飲嚴𤫹菴侍御鸞枝花下三首

其　一

賣花聲裏過斜街，不記招尋月幾回。只有繡衣真愛客，印泥封酒必同開。

其　二

僦居喜近慈仁寺，移得鸞枝隔歲栽。報道退朝今日早，東欄昨夜有花開。

其　三

矇瞳眼纈隔窗紗，曾入東鄰學士家。一醉竟須煩二主，可憐頻對客邊花。

送叔毅南歸即次留别原韵三首

其　一

到處誰當却掃迎，去留此際計非輕。自收詩上還山集，何取人傳入洛名。三世羨君猶共爨，百年爲客總勞生。豈應陳孺長貧賤〔一〕，如許鬚眉徹骨清。

〔一〕「陳孺」，《原稿》作「美好」。

其　二

朅來挾瑟並燕中，廡下猶欣傍伯通。謂篴菴。儘有狂言容數子，每從高會廁諸公。淋漓醉射東方覆，躞蹀羣看北野空。恰恰酒人從此散，一天無賴柳綿風。九恒、大文、未菴、西厓俱先後出都。

其　三

敝廬好在龍山下，藤蔓花梢一一垂。春草池塘空入夢，德尹復遊嶺外。瀧岡窀穸杳無期。封書病檢山妻藥，陳筴慵探季子錐。百念因君多撥觸，最愁人是望鄉時。

重過摩訶菴老僧以新茶見餉

細色綱從馬上催，筠籠先爲老僧開。髩絲禪榻前因在，直愛茶烟又一來。

慈壽寺〔一〕

摩訶菴西慈壽寺，老樹盤礴争奇雄。當門古塔少梯級，合沓直上烟霄空。迴廊二千五百步，一一畫壁堆青紅。仙山鬼府靡不有，《搜神》志怪殊未工。雲旗飄飄翳白日，閟殿肅肅來陰風。不知兹寺創何代，負墻古佛塵相蒙。居僧兩三乞食去，好事欲問嗟無從。手指雙眼看碑碣，歲月却記明神宗。是時海内際清晏，嗣皇冕藻年方冲。鷄鳴問寢駐銅輦，瑞蓮獻賦歸新宫。萬曆初年，瑞蓮産慈寧新宫，閣臣申時行、王錫爵俱作賦。一朝家法古無匹，聖母不在垂簾中。偶營紺宇祝萬壽，未可概議物力窮。百餘年來就頹廢，鐘鼓尚與鄰菴通。君不見内官葬域抱山麓，異時祠廟還穹窿。

〔一〕按，《原稿》題作「慈壽寺明慈聖太后所建」，後删去後七字。

夜宿養素堂東偏

裊裊一枝藤，疎疎幾行柳。籬落吐燈光，鄰家猶賣酒。

秘魔崖古柏長二尺許俗傳隋仁壽中盧師手植〔一〕

連岡東北轉，鬼物托幽秘。瞰空飛一片，石縫舒右臂。老鴉銜柏子，偶向駢拇墜。飛泉難仰流，長此攣拳翠。相傳閱千載，僅可二尺計。勒龕誇佛力，此語吾所鄙。猥蒙雨露恩，竟負栽培意。兒童斤斧脱，大匠棟梁棄。寧非干霄姿，吁嗟守憔悴。

〔一〕按，《原稿》題後尚有「或云在唐天寶中」七字，後删去。

從磨石口至翠雲菴

亂山中有崎嶇路，時聽征車撼石聲。行過翠雲塵乍少，馬頭麥浪緑初成。

立夏前一夕大雷雨宿西山麓

卧聞風雨聲，惜此花間路。沙路不成泥，披披曉窗霧。猶嫌入山淺，未到雲生處。

日涉園送春

驚雷掣電夜窗明，忽轉雲頭又放晴。夢裏似曾聽雨過，曉來不礙看山行。紅衣匝地枝枝瘦，翠幄支天葉葉清。遊興有餘春向盡，暫時經眼倍關情。

早發杏子口暮至香山

西山灣環勢向東，兩角到地形垂弓。客從山南走山北，耳畔箭激颼颼風。苕遥一程晚始達，喘汗未定馬力窮。入門翻愁磴曲折，落澗已愛泉琤瑽。居僧指點最高頂，十里近與前岡通。冥冥一綫縈萬丈，蜀鳥飛去啼春紅。人間何處無捷徑，失足怕落荆榛叢。吾寧迂遲就坦道，肯試奇險爭樵童。殿西一軒得空曠，雲根倒插下積空。夕陽將墜尚未墜，數峰晴意憑欄中。回頭却望來處路，已被遠樹遮溟濛。

再宿來青軒

景物蒼茫感舊秋，甲子曾宿此軒。還將筋力試重遊。行穿下下高高路，題徧山山寺寺樓。捲幔微風香忽到，瞰床新月雨初收。洗空塵土三年夢，一夜鳴泉傍枕流。山下有泉，名甘露。

永安寺頻婆花下

啼鳩聲中日向斜，閉門春盡似村家。黄蜂飛過短牆去，零落頻婆兩樹花。

從洪光寺下十八盤取道而歸

洪光我昨到，石徑盤曉䉤。不知眼界寬，但覺足力費。兹遊及晴爽，勝境天所乞去聲。泠泠松上風，倒洒泉泌沸。路窮寺門出，氣象非昔謂。關河劃然分，有若列涇渭。平疇棊布罫，萬象經錯緯。舊遊領新得，噉蔗飫餘味。重尋周歷處，畫像儼中貴。寺爲正統朝太監鄭同所建，按碑記約費七十萬。輝輝金碧光，尚壓一山氣。峰高此爲最，興盡我猶未。何當躡其巔，西覽韓趙魏。

酬陳子文安邑見懷之作

新詩讀罷一摧顔，何限心期悵望間。塞柳關榆遮不斷，數峰春雪太行山。

白芍藥和孔心一少參二首

其　一

扶頭一笑粉生光，鏡裏匆匆看改粧。金餅賺來初罷浴，瑶堦行過但聞香。含嬌似爾情難禁，太潔從人忌不妨。莫向中書誇故事，素心羞對紫薇郎。

其　二

便從姑射擬肌膚，那許餘容伴鼠姑。美酒對傾金鑿落，佳名果稱玉盤盂。鶴翎舞拂新時樣，獺髓痕消舊日圖。珍重一襟冰雪意，殘紅掃地近來無。

送湯西厓南歸兼寄嚴定隅

古寺槐交陰，微陽轉冰簟上聲。與君初握手，片語示肝膽。來當傾蓋新，久覺忘形漸。

相過日不隔，懷抱兩無忝。狂言我難緘，嬾病子未減。彌縫補其闕，瑕纇肯互掩。子才隨地湧，百斛走瀲灔。屈首舉子場，十年困習坎。隻身泝瀟湘，盛氣生勇敢。歸來翻一笑，函匣劍光閃。未免爲時名，束身就繩檢。酒徒遇燕市，揺落自多感。兒曹太輕薄，載鬼白日魘。榆搶斥鷃如，冠著沐猴儼。彼頑何足校，我白故無玷。稍恨素心人，晨星散疎點。金溝送别處，屢見風柳颭。子來辭我行，忽若猿出檻。足矜行卷富，何礙歸裝儉。溪堂行補苴，湖舫待剞劂。開籬受竹色，擇石置崖广。青芰鴨脚葵，白剥鵠頭芡。鄰沽貫新熟，詩韻鬥奇險。此樂吾久疎，歲月徒荏苒。雨堂倘問訊，應惜緇塵染。

閏夏飲竹垞表兄古藤書屋限藤樫二字各成五律二首

其一

曲巷居相近，迴欄到每憑。爽開尋丈地，陰合兩邊藤。幽事披襟愜，新詩計卷增。時竹垞《騰笑集》初成。醉探杯底緑，凉影落層層。

其二

碧草柔牽蔓，紅花細着樫。客稀成雅集，屋老稱佳名。淰淰雲催暮，疎疎雨放晴。家園風景似，只是少啼鶯。

雨後龔蘅圃攜酒古藤書屋分韻得能字

結鄰君最好，旁舍緑陰增。榻愛同時設，門教一僕應。異書便借看，新句急催徵。許我時相就，衝泥到亦能。

曲阜顔母朱太夫人壽讌詩修來吏部屬賦四首

其一

玉女峰連泰岱青，人傳翁主是前星。朱門昨夢滄桑變，白首餘年患難經。褕翟恩曾邀北闕，扶摇風又徙南溟。勿論陋巷家聲在，母德還堪作典刑。

其二

郝鍾禮法尚嫌疎，比較門風正不如。壽母有詩存《魯頌》，世家無例闕班書。五雲扇底分儀仗，八座花前侍起居。慙愧潘興輕作賦，金根還有嫁時車。唐德宗朝，趙國公主下嫁始用金根車。

其三

霞帔重加舊日冠，慈顔一笑一加餐。從看舞袖迎花誥，猶記傳經傍杏壇。吏部文章今卓卓，翰林風骨久珊珊。謂淡菴太史。同時丹穴雛皆秀，世澤方知擬似難。

其　四

水天閒話屬葭莩，異數曾聞拜舅姑。娣姪紛紛齊庶士，門墻一一魯諸儒。王姬老去樓仍鳳，顔氏歸來巷有烏。不爲尋常誇燕喜，八千親寫壽萲圖。

飛蝗行和少司馬楊公

去冬臘雪不蓋土，今歲天行旱畿輔。門前有客來故鄉，爲言千里皆飛蝗。緑陂青野一時失，但見黄雲蔽白日。我聞此語方長歎，愁坐不知天宇寬。有聲蔌蔌自南至，驟聽乍疑風雨勢。舉頭杲杲燒火輪，中庭過影何紛繽。蜻蜓蚱蜢亦羣舞，倏度宫城齊振羽。宫城十丈高巍巍，誰能禁爾漫天飛。

武陵楊長蒼重來都下感舊有贈

建業相逢記一樽，飛蓬心跡感重論。舊家春燕烏衣巷，故國秋瓜覆盎門。愁倚白頭絲減髩，閒繙青史泪交痕〔一〕。可堪潦倒風塵際，還見元和一品孫。

〔一〕「史」，《原稿》作「簡」。

送孫少司空督濬下河

神京建西北，歲走東南漕去聲。轉粟上青天，黄河扼其要。元時用海運，年久有成效。此議今難行，將毋物力耗。宣房十年築，宵旰煩廊廟。千村收竹楗，十郡供柳埽。百萬縻金錢〔一〕，一支歸故道。吾君如唐堯，勳德在覆幬。百神胥受職，河伯敢陵暴。猶復念民勞，南巡趾親到。下流得地勢，海口計疏導。紛紛異同論，破例寧意料。學士居禁林，十年不輕調。汝往作朕虞，欽哉奉明詔。歲輸發内帑，恩澤蒙再造。畚鍤興如雲，邪許相慰勞。和衷事斯集，正氣神可召。芃芃黍苗歌，可乏陰雨膏。渠成萬世利，績待朞年報。

〔一〕「百」，《原稿》作「千」。

送楊筠湄通參赴任奉天

國家都燕京，遼左本根倚。東西營鎬洛，周制正如此。城闕遥相望，關隘紛可指。設官重保障，未可猛政理。阡陌屯田開，户口豪右徙。卅年盡土著，烟火變墟里。仁人來撫循，爾輩皆赤子。

呈少宰董默菴先生二首

其　一

丹霄地望絶攀躋，尺五城南萬仞梯。日月文章韓吏部，天人經術董膠西。都無半刺通干謁，却媿凡才出品題。此日黄金臺畔路，不聞伏櫪盡長嘶。

其　二

注籍紛紛屬貫魚，積薪時論近何如。尚煩啓事從容入，及見銓曹次第疏。閣下銜仍兼學士，殿頭班欲領尚書。文章得路如公少，還恐爲儒計或疎。

吴門徐彦通來都得惠研溪近問疊紅豆册舊韵答之三首

其　一

勞勞别夢短長亭，兩度秋風冷畫屏。忽聽故人傳尺素，夜長添對一燈青。

其　二

《戾㕩》愁聽室人歌，拚却長程歲月過。我已髩毛秋换緑，不知君髮更如何。

其　三

名園婪尾醉燒春，豪氣曾陪末座塵。此日青衫尚留滯，蹇驢腰扇怕逢人。

次馮文子南歸留別韵

高視泬寥天，俛瞰廣莫野。斂才就實地，始信得力寡。文章技尚卑，矧乃論騷雅。方期木鷄養，不礙伏虎啞。讀書滕口説，正坐氣難下。築臺逃文債，支户辭吟社。静觀得妙理，擾擾何爲者。因君又多言，餘習吾未舍。

當湖王復園索贈次沈繹堂先生原韵即送其歸

寂寞名山業，蹉跎始自憐。長途添白髮，老眼望青天。夜雨新豐市，秋風下潠田。夢中歸路近，帆卸郭東船〔一〕。

〔一〕「船」，《原稿》作「偏」。

與顧梁汾舍人次閣學韓公韵

不是微之定牧之，紫薇亭擅舍人辭。十年未就《歸田賦》，衆口猶傳赴洛詩。往事相關碁已散，秋風纔到鬢先知。怪來東閣留賓地，難遣深情是酒巵。時舍人有亡友之痛。

九日飲朱大司空南莊二首

其一

雲物蒼涼感鳳城，良辰難遇是晴明。同時那得人偕集，是日，西溟輩集萬柳堂，余不及赴。去日渾如客餞行。大漠寒烟凝朔氣，空林殘葉墮秋聲。籬邊舊是餐英客，省對黄花倍有情。

其二

不是藍田别有莊，三年此地作重陽。先生出郭仍攜酒，獨客登臺又望鄉。天闊一鵰盤遠勢，風高羣雁起斜行。茱萸諸弟遥相憶，應料新來鬢點霜。

少司馬楊公見和前詩有登臺把酒之句追憶落帽臺舊遊已八年矣再次前韻奉酬二首

其一

迢遞關山隔楚城，亂猿啼處記分明。瘴花瘴草重陽候，秋雨秋風絶徼行。匹馬幾回經戰壘，荒臺三面走江聲。再來京洛追陪地，望遠猶含萬里情。

其　二

青楓白菊夢漁莊，驚起窗西正夕陽。賴有新詩酬好節，敢云游子戀他鄉。風聲捲地迴遼海，山色迎寒入太行。一片清砧聽不得，敝裘容易改星霜。

得談未菴沙河書却寄

凉燈四壁光，燦此一雙蕊。終宵不能寐，詰旦占有喜。起接故人書，窗日穿故紙。披襟再三讀，感慨忽中起。憶昨初訂交，秋風燕市裏。余時新落第，邂逅得吾子。子名雖早成，尚索長安米。才高氣激直，罵座酒頻使。我故失意人，謂子不宜爾。子行將筮仕，鸞鳳棲棘枳。縣令古難爲，位在百僚底。上官任喜怒，下吏望風旨。剛者號木强，弱恐隨波靡。不卑亦不抗，斟酌具至理。子才百事能，所少或在此。今年子謁選，畿輔得百里。是時方旱蝗，黽勉到官始。單車行就道，奴僕躡生趾。近聞沙河城，善績紛可紀。賦蛇餘毒去，政虎鄰邑徙。保障安流移，枹柝静奸宄。神明咏來暮，父母歌樂只。租税如期輸，蒲鞭免撻捶。民譽慰攸歸，官聲被褒美。寧非讀書力，出手見根柢。乃知賢豪人，未可私意擬。向來吾錯料，失語徒抱耻。感子諒我真，肝膽終見委。得路念貧交，幾人堪屈指。自傷志力薄，無以赴知己。行當賦歸耕，塵俗庶一洗。願子益自愛，友道在永矢。前期不遐遺，折柬到桑梓。

次大冶司農韻送顧與田還金陵二首

其一

及見開東閣，俄聞把别觴。沙痕雙髩雪，寒色一裘霜。老覺游情倦，貧銜故意長。獨留青眼在，此外任炎凉。

其二

一片隨陽雁，郵程取次過。馬頭回紫塞，冰面渡黄河。手寫還丹訣，神傷過闕歌。承平風物似，遺老剩元和。

奉送少司馬楊公予告養親四首

其一

聖朝孝治在敦倫，詔許還鄉爲養親。平格已推黄閣老，公今年適周花甲。行期先報白頭人。

卷舒在我何關命，進退無慙好乞身。此日魏舒仍襆被，却從去國始知貧〔一〕。

〔一〕按，《原稿》此首原作「勳業原從至性論，一歸天地有完人。卷舒在我非關命，進退無慚始乞身。公望總輸黄髮老，行期先報白頭親。朝回襆被蕭然去，楊柳迎船處處春」，後改作今詩。

其　二

從開絶域震餘威，悵望多年子舍違。退自急流從古少，老猶孺慕似公稀。東門祖帳傾城出，北闕恩光拜表歸。晝錦堂開春晝永，笑將綵服换朝衣。

其　三

萬事長安一局碁，角巾私第未嫌遲。即論世道寧無補，欲報君恩况有期。春服暫寬腰下組，茶烟初驗鬢邊絲。枌榆父老來迎謁，應羨精神似舊時。

其　四

油幕追隨萬里過，兩年假館又蹉跎。吟聯樺燭枝枝跋，酒上塵顔夜夜酡。含意每爲知己盡，不才真怕受恩多。公歸我客全無爲，誰聽荆南寡和歌。時余將移館北門。

敬業堂詩集卷八

人海集起丙寅十一月，盡戊辰正月。

故人吴漢槎殁後，有以不肖姓名達於明相國左右者，遂延置門館，令子若孫受業焉。下榻府西偏，去南城十里而遥，人事罕接，間有吟咏，率出傳題酬應，自丙寅仲冬迄戊辰初春，凡十五月，所得詩不滿百篇，合爲一卷，即用《人海記》之名以名集。

移館北門寒夜不寐起來霜月滿庭有懷諸弟

寒城宫漏永，孤館耿無寐。起看殘月升，稜稜挾霜氣。徘徊夜將半，惜此姜肱被。獨客不可爲，無端感憔悴。

題喬石林侍讀梅花莊圖兼送其罷官南歸

湖陂種柳不種梅〔一〕，梅花合向陽陂栽。買園舊在最高處，尚怕水泛春冰開。沙頭一篙刺歸路，清淺今堪跨半渡。父老來看侍直圖，先生笑入花間去。

〔一〕「陂」，《原稿》作「園」。

趙秋谷編修見示并門集輒題其後

趙侯曠世才，硎發新刃初。十八取高第，姓名登石渠。紛紛冠蓋交，僮馬填門閭。抗懷對儕俗，折節讀古書。我友潛江髯，朱悔人。數數來告余。余時懷一刺，欲往還趦趄。從來負盛名，相見長恐虛。何期就館舍，先枉君子輿。示我《并門詩》，璀璨瓊瑶琚。清光溢兩目，瀏覽無停矑。不忍遽卒讀，掩卷姑徐徐。留之遣夜長，霜月臨窗疎。地爐煖宿酒，繼晷編重舒。十首釂一杯，頃刻百首餘。何堪飲户小，徑醉同蘧蘧。隱几似有人，導我蓬萊居。李杜踞高坐，兩旁列仙儒。依稀潮州韓，髣髴眉山蘇。中有青丘子，拍肩大聲呼。醒來几案傍，絳蠟開芙蕖。悠然接詩境，鼠穴非乘車。我欲數子間，位君復躑躅。君今富才力，著作承明廬。詞章技特卑，未足垂聲譽。即此見根柢，振步捐土苴。神仙才有數，此語古有諸。我賤不足論，願君勉相於。

得聲山姪揚州信

隋隄柳又拂歸艘，安穩傳書報渡江。却寄新詩猶索和，轉憐遊屐不成雙。霜欺獨雁寒衝塞，月帶踈鐘夜到窗。此際相思倍怊悵，燈花何喜燦冬釭。

任坦公以趙松雪留犢圖索題留竹垞齋中聞爲偷兒取去戲作絶句答之

一呷貪泉盡跖徒，壽春遺事近應無。探囊莫怪工相妒，占斷清名是畫圖。

題禹平水村圖二首

其一

蓼洲踈雨荻洲烟，一扇低篷水拍天。不礙主人長作客，披圖還有鶴看船。

其二

春波十字水西東，草淺迴塘有路通。着個歸人應更好，倒騎烏犉柳陰中。

除夕前八日立春

驚心看舊曆，三十八回春。去日成何事，流光惜此辰。好風迴淑氣，殘雪洗窮塵。便擬騎驢出，旗亭覓酒人。

元日出東便門以下丁卯。

朝出國東門，言循潞河湄。層冰裂厚地，雪光照曜之。草短没燒痕，老楊交枯枝。晨曦暖我顏，我鬢初有絲。自從客京洛，三遍東風吹。藏身人海中，發興乃更奇。誰能當此日，一鞭出尋詩。

少司馬楊公潞河寓齋夜話得村字

去京三十里，城郭只如村。老樹排沙磧，春帆次水門。談深孤館静，酒罷一爐温。已覺連宵夢，依依近故園。

春夜同外舅陸先生陳夔獻呂彤文許時菴朱悔人魏禹平王令貽王赤抒吴震一張損持家荆州兄集朱大司空齋分韻二首

其一

春燈春夕宴，一到一回歡。不赴先生約，寧知禮法寬。酒痕雙短袖，歲事五辛盤。合坐無生客，長安此會難。

其二

畫簾開雪後，新月到花西。雅令投瓊得，清歌按拍齊。鼓催今夜醉，詩記隔年題。預恐鴉啼曙，門前散馬蹄。

龔蘅圃屬題攝山秋望圖

昔我道金陵，西南出江關。船頭東北望，秀色堆烟鬟。長年爲指似，此山名繖山。古寺入棲霞，松老苔斑斑。玲瓏刻千佛，石骨靈不頑。上有天開岩，鏡平圜若環。從兹陟高頂，一覽收人寰。孫吴事業荒，南渡衣冠孱。詞客弔興亡，動云清淚潸。探懷發深趣，此事天寧慳。如何雷同聲，萬口若是班。我友詩力健，清奇寫峥潺。好風颯然來，滿眼除榛菅。按詩記年月，我在蠻溪灣。重披一幅圖，點染紛斑斕。杖藜者數輩，謂竹垞、青士諸君。風骨俱珊珊。同時失同遊，悵望空往還。憑君添一葉，置我烟波間。

王甥漢皋南歸詩以示别二首

其　一

草草嫌輕出，依依戀此辰。也知歸橐儉，應諒客囊貧。家教分諸弟，身謀累所親〔一〕。臨期雙淚落，併念爾先人。

〔一〕「累所」，《原稿》作「及老」。

其　二

汝去真長策，吾留轉寂寥。雪燈分袂影，風柳斷腸條。客久人情覺，春寒酒力消。自今長短夢，無夜不河橋。

送吴青壇侍御歸里

來乘驄馬來，去駕柴車去。烟光緑上垂楊梢，春淺東門送行處。東門多少罷官人，太息何煩感直臣。但使朝廷無闕事，不妨歸作太平民。

北城寒食有懷南郊舊遊寄呈朱大司空並索玉友荆州和二首

其一

早桃開後倦游情，春事無端閲鳳城。忽聽賣花聲到耳，始知明日又清明。

其二

名園狂醉已經年，永定門坊記墮鞭。想得出郊重繫馬，一行新柳變新烟。

相國明公新築别業於海淀傍既度地矣邀余同遊詩以紀之

路指沙堤外，園開海淀東。好山西嶺接，曲水御溝通。緑野名相稱，華林興頗同。種花兼種樹，還費十年功。

陳元亮至得令兄撝謙近問

海棠雨墮胭脂紅，一尊醉别禾城東。旗亭衮衮柳綿白，握手驚從薊門北。烏蟾顧影倏忽移，已過五度春風期。看君湖海發豪氣，嘆我頭鬢生微絲。爲言索遊非得已，爾乃胡爲亦來此。一門甲第矜貴盛，王謝堂前燕添壘。藏書萬卷澤尚新，負郭二頃業未徙。少游但思騎款段，儘可浮沉老鄉里。天生爾以不羈才，伏櫪豈得長徘徊。朝秣吴芻暮燕市，聲價自長黄金臺。君家髯兄才不細，勇決翻成倦游計。粗傳近況喜可知，只怪新篇不相寄。故園漸少杜門人，往往席帽趁黄塵。因君棖觸草堂夢，緑樹正接詩翁鄰。

送宋牧仲提刑山東

名封十二接關城，繡斧前頭父老迎。問俗潛移齊右姓，下車先揖魯諸生。天開島日三更白，濟入河流一道清。歷下亭邊名士會，騷壇行見續詩盟〔一〕。

〔一〕「續詩」，《原稿》作「狎齊」。

壽陸菊隱前輩七十二首

其一

熙甫陶菴傳述久，百年君又起疁城。學能忘世名偏重，老愛讎書眼倍明。在璞不妨留玉彩，出山依舊覺泉清。龍門子弟俱英絶，及見淵源有二生。謂孫愷似、侯大年。

其二

採芝欲去每相羊，開閤猶留老仲翔。時下榻大冶相國家。共許康成多著述，誰言安世有遺亡。老人祝杖鳩無恙，處士歸田菊未荒。十丈風埃遮不得，少微争指客星芒。

送時菴先生典試四川

驛路曉發聞秋鈴，千山萬山叠翠屏。秦關百二閱天險，蜀道一雙占使星。同行者爲林户曹。地遠人才指可數，亂餘風物愁初經。同行有約吾竟負，讓爾劍閣題新銘。

椶拂子示兩及門

竟得驅除力，羣蠅不敢貪。清幽吾最羨，束縛爾何堪。自愛依書幌，差宜挂草菴。誤人消底物，江左只清談。

送田綸霞由大鴻臚巡撫江蘇二首

其一

東南地重推吴會，開府新煩典客卿。暫出人皆榮八座，再來公已領三旌。霜清斧鉞稜稜見，風静韡騮尾尾行。桃李一蹊看好在，道傍伏謁半諸生。田曾爲江南學使。

其　二

詔恩連歲蠲逋賦，管内民情大可知。棡鼓尚傳迎輦曲，竹枝多上去思碑。兩賢治蹟原難繼，謂大宗伯湯公、少司馬趙公。一代人才更屬誰。此去但須持簡要，不妨小吏日抄詩。

呈玉峯少宗伯徐公四首

其　一

書局頻開邸第中，桓厨鄴架許誰同？一朝典策分明在，未有高文不屬公。

其　二

宏博今無沈晦倫，御書端爲寵儒臣。講堂及聽《宣和論》，感激能容下座人。

其　三

弟子韓門盛一時，投書却悔少年爲。官高不改憐才意，人道先生似退之。

其　四

一御何當重李膺，對公方媿百無能。相逢盡屬龍門客，只是常鱗不敢登。

次張超然見懷原韵

昨夜楸庭雨洗埃，病餘酒戒擬重開。正欣凉自披襟得，忽有風吹好句來。榕浦人才君磊落，蓴江歸夢我沿洄。此情除共詩翁説，謂竹垞先生。預約藤陰掃碧苔。

與時菴别五旬計程當入閬中矣七月十六夜夢其渡桔柏江有詩見寄醒而作此

相送西南去，離心不可降。亂山懸客路，孤夢墮疎窗。暮雨葭萌驛，秋風桔柏江。此時占益部，真有使星雙。

夜宿傳經書屋枕上喜雨

爲少芭蕉樹，初來竟不知。及聞簷滴後，已是酒醒時。静覺書幃爽，凉侵布被宜。殘燈如客况，不厭作花遲。

送周青士南歸

人間不是少知音，愛爾蕭然抱素襟。潮似歸期還有信，雲雖出岫本無心。戰回酒敵黄花老，收取詩名白髮深。此去浮家烟水際，五湖一葉許誰尋？

丁卯秋闈報罷呈諸先輩五首

其　一

明明跂脚有青雲，安上門前路忽分。湖海伏龍雷起蟄，關山斷雁雨呼羣。裘茸欲落霜花吐，燭跋初消漏點聞。慙愧上書頻見斥，僅留舌在敢論文。

其　二

夜雨鳴鷄事不同，也曾投筆學從戎。早知有命應藏拙，不是無家轉諱窮。楓葉飄殘砧杵月，槐花吹過鬢絲風。故人底用慙高第，謂后張、仲夔、令詒、西厓輩。我比劉蕡策未工。

其　三

憔悴青衫感弟兄，勿將時論擬縱横。五經何負掄材意，萬口先傳下第名。時家荆州以五經被薦。但使低顔對僮僕，猶容長揖見公卿。祇嫌鏡裏流光速，白髮新抽一兩莖。

其　四

兩眉愁思一含顰，情到無憀去住均。短篷聲悽霜後竹，孤桐絃冷爨餘薪。那能造物皆如意，不信憐才竟少人。任是亡羊吾勿悔，燈前故策試重陳。

其　五

三年光景易蹉跎，又偪登高節物過。燕子生涯如客樣，菊花天氣奈霜何。狂名幸免聊隨俗，野性無拘一放歌。已買吟瓢租蹇衛，西山遊興近來多。

九日同荆州兄遊趙恒夫給練寄園

縈成曲磴疊成岡，高着樓臺短着墻。花氣清如初過雨，樹陰濃愛未經霜。孰遊不受園丁拒，放眼從驚客路長。亦有東籬歸不得，四年京洛共重陽。

題宋石門畫松

蒼髯翠鬣摇向空，老榦蟠作青虬龍。雙睛未點飛不得，時有雲氣來相從。開時高陰散林麓，捲起生綃纔尺幅。人間何處着秋風，昨夜城南拔喬木。

秋夜紀事

城頭落星大於斗，羣犬吠怪都狂走。或云此星作狗形，犬不見星惟見狗。初如地震如雷鳴，頃刻闃寂天無聲。但見明河亘天月西没，宫漏杳杳傳三更。明朝屬車行射鹿，旌幟照山馬量谷。不須更載獫猲驕，驅爾向前飛食肉。

送朱千仞之任舒城

龍舒傳舊俗，淳朴羡民風。官税如期納，山田比歲豐。月依琴榻静，花傍印牀紅。却笑眉山老，無緣作寓公。

相國明公壽讌詩四章

其一

海嶽遥瞻壽域開，喬松直上表崔嵬。立鰲一柱承中極，戴斗三星指上台。雨露恩深和鼐地，風雲力展濟時才。穆清垂拱邊烽静，誰挽昇平氣象迴。

其　二

千古明良不數逢，天教元老際時雍。和衷事事歸無我，雅量人人服有容。地峻不須銘客座，官清豈在却堂封。但看退食委蛇度，贉得丹心答九重。

其　三

未應風月屬平章，緑野仍開舊日堂。玉燭年調光宅里，沙隄柳合善和坊。門無鈴鼓軒車静，架有圖書御墨香。一桁朝衣雙進酒，森森玉樹又成行。

其　四

八千歲裏紀春秋，平格端從運會留。寶鼎有光騰玉鉉，皇圖無闕指金甌。朝家望久尊黄髮，事業公今尚黑頭。慙愧受知同國士，《嵩高》一頌恐難酬。

喜唐實君至

風埃易隔經年面，忽聽車音喜不勝。才氣讓君高百尺，酒腸寬我過三升。薄寒坐轉霜天月，往事談深雪屋燈。記取鳳城西北頰，竹床相對兩如僧。

得家信

遲滯經三載，平安報一門。開從迴雁磧，寄自擣衣村。身賤歸難料，家貧恨每吞。兩親猶未葬，先計了兒婚。

答衛源冀先生見寄之什

蘇門仙籍在，長嘯出風塵。頗怪高賢意〔一〕，偏憐失路人。宦情歸後澹，詩境老來真。靈藥如堪斸，吾將就結鄰。

〔一〕「賢」，《原稿》作「人」。

西溟竹垞同遊房山余不及踐約口占送之

斜陽聯騎去，影落好山中。古寺尋碑入，幽泉撥葉通。勝遊關俗念，閒趣就詩翁。隔斷桑乾水，黄沙白草風。

哭朱大司空六首

其一

忽得彌留信，驚疑欲問天。更誰承絶學，公爲紫陽裔孫。忍遽奪名賢。存殁真關運，行藏好筭年。茫茫國西路，白日迫虞淵。

其二

正色持朝議，從人指異同。不聞廷辨語，真有大臣風。局定閒居後，名高薄譴中。肯留毫髮恨，物論久方公。

其三

罷官賓客盛，不署下邽門。萬卷藏書第，孤雲倚杖村。履聲今寂莫，花氣舊絪緼。從此西州泪，都銷醉後魂。

其四

衣褐初相見，雲泥不啻過。自蒙公賞識，一任俗譏訶。才退江花夢，神傷《薤露歌》。轉緣期許厚，脈脈負慙多。

其　五

悵斷西山路，曾陪兩度游。雲峯奇入夏，泉味冷經秋。酒許王弘送，詩同魏野留。篋中高唱在，讀罷泪交流。

其　六

天不留耆舊，人皆惜老成。風流餘畫像，官號定銘旌。年譜門生輯，文編國史評。恬侯恭謹似，重望起家聲。

禹尚基屬題水村圖小照二首

其　一

縈青繚白埭西東，門掩檀欒倒影中。千片白鷗波萬頃，釣竿只占一絲風。

其　二

朝衫猶絆未歸人，畫裏鬚眉淡有神。已辨青蓑青箬笠，問渠何路出黄塵？

聞周青士淮南訃信

苦口勸君去，筋骸看頗强。祇云當暮齒，不合久他鄉。病忽中途得，神翻永訣傷。餘生還自歎〔一〕，歸計尚茫茫。

〔一〕「還自歎」，《原稿》作「知幾日」。

楊耑木來都出示涿州道上見懷八絶句次韻奉答

其一

荒程野店暗戎戎，灰洞連雲小驛通。辛苦琉璃河畔路，一天冰雪兩征鴻。時與家德尹偕行。

其二

短衣篤速又重來，雙眼摩挲試一開。拚得故人驚黑瘦，斷腸誰似賀方回。

其三

舊來書札屢相存，難遣離愁閲曉昏。今夕和歌燕市裏，不知何事尚銷魂。

其　四

南園一醉夢難消，新指陂埯丈五高。迸落客中知己淚，刺梅花下長蓬蒿。乙丑初夏，同赴朱司空南園之約，今司空已下世。

其　五

蛾眉里族艷同時，錦瑟雖工俗豈知。比似孝標還曠達，上年歸燕併無詩。指耑木乙丑禮闈報罷事。

其　六

橫草才情好在無，髑髏猶記血模糊。征南賓客今淪落，怕展《藍田射虎圖》。

其　七

冰泮西沽喚槳師，春初送司馬公南歸。久留生計太無奇。白駒只合逃空谷，一食塲苗便縶維。

其　八

行期爲爾少遲留，南酒新香出竹篘〔一〕。楊柳作鞭花壓帽，此時去住兩無愁。時余方計南歸。

〔一〕「出」，《原稿》作「拆」。

喜德尹至都即用道中見寄韻八首

其　一

花南硯北屋西東，先築都荒想像中。此意十年應共惜，一般根蒂兩飄蓬。

其　二

别是尋常會却奇，鶺鴒沙外影離離。可憐半世爲兄弟，兩度相逢在路岐。

其　三

敝裘寒色國西門，刮面西風太少恩。不是雪花如掌大，豈知姜被果奇温。

其　四

匪莪蓼蓼感伊蒿，此際方知父母勞。三尺孤墳何日築，敢將門户委兒曹？

其　五

添丁從小絶堪哀，抱向花前得幾回。弟去年始得一子，名騶虞。可但生兒憐絡秀，有人椎髻望歸來。

其六

少賤長貧那得辭，浪遊真愧作男兒。只除中酒聯吟夕，不似長安下第時。

其七

八齡工賦庾肩吾，五十能詩高達夫。勿羨早成輕晚就，天心原不薄窮途。

其八

三畝原爲種稻留，私逋官税苦難酬。翻因細悉家中事，從此思家又起頭。

曉出西華門逢吴震一

九陌紛紛路向岐，毛驢馱客立多時。一冬風力今朝横，吹折街南賣酒旗。

盆梅同唐實君撲愷功賦以下戊辰初春作。

不借東風力，全憑火候催。夢隨馳驛到，香自渡江來。物性違移植，人情惜早開。草堂留老榦，冰雪戰春回。

探春花再索實君和

本是丁香種，先從臘尾開。一叢疑積雪，繁蕊欲欺梅。南客今初見，新詩悶强裁。君看凡草木，猶帶好春來。

水仙次韻

梔額檀心韻，青裙縞袂姿。洛波迎宓女，越綢得西施。用義山詩中語。脈脈含情遠，盈盈欲語遲。月中曾解珮，争許俗人知。

壽大司馬粱玉立先生四首

其一

兩朝元老出名賢，身繫安危四十年。同日蒼生多屬目，向來黄髮少隨肩。金甌社稷銷兵裏，玉斧關河聚米前。如此皇圖資坐鎮，何煩書案更籌邊。

其二

萬騎塵清萬里風，殿廷次第與論功。兒童往往知司馬，貢使年年問相公。排闥山光迎劒戟，傍簾燭燄吐長虹。太平别有經綸業，無用《陰符》置篋中。

其　三

盛事雕橋紀一時，壽槐千歲尚虬枝。贊皇世業《平泉》記，樞密新堂《晝錦》詩。無價鼎彝歸賞識，有人書畫乞題辭。官高依舊風流在，不愧人稱海鶴姿。

其　四

尺五天低韋杜城，文星長傍禁垣明。每因餘論諳前事，雅有虚懷接後生。閣上《麒麟圖》早識，座中《鸚鵡賦》難成。謂丙寅春公召飲事。從今一上《生申頌》，感激曾蒙記姓名。

送黼皇姪出宰大浦

青溪一條水，發源自白嶽。千里赴海壖，赭龕爲鎖鑰。余家赭山口，子住齊雲脚。阮巷南北分，裴眷東西拓。雖云支派别，夫豈淵源各。先朝際盛隆，中葉顯儒學。煌煌兩開府，先中丞、京兆。事業恍如昨。外吏實起家，致身上臺閣。綿延君子澤，十世不爲薄。汝叔秦望兄。州牧賢，掛冠去笭箵。吾宗老觀察，王望伯。近亦返丘壑。坐惜數年來，衰宗正中落。家聲望子振，有若水救涸。子才洵超羣，氣勢竚騰躍。胸藏五千卷，試手高第博。簇簇刃發硎，團團弩張彍。謂當嵈兩翅，一舉上寥廓。何期赴南宮，六度困東郭。季子金婁罄，東方米徒索。俛首作選人，初心豈所樂。之官嶺海外，道遠塵漠漠。臨分當贈言，古人例有作。與君屬關切，聊爲舉其略。邑宰職親民，顧名思義托。如何千百輩[一]，疾苦視隔膜。寧多才地違，或少寬嚴酌。子今抱經濟，枳棘棲鸞鶴。百弊不足釐，餘情故綽綽。潮州本善地，貢賦雜海錯。大浦居其間，頗自異煩劇。兵餘奈凋瘵，户口十半削。往者征南師，驚駭到鮫鱷。剪除兇暴盡，政虎尚餘虐。仁人行撫綏，所亟在民瘼。大僚恣指揮，小吏承唯諾。省事先省心，自然破根格。人散訟庭閒，官清條教約。蒲鞭併可去，况乃痛敲扑。譬如百孔瘡，難得萬金藥。徐徐養元氣，稍稍起積弱。民風既已佳，土物矧不惡。榕樹清陰留，佛桑紅燄著。文禽好毛羽，中有羅浮雀。漿分荔子甘，茶代檳郎嚼。珊瑚及珠琲，過眼風掃籜。方將寶清名，未肯計裝橐。從來賢達意，定不俗吏若。屈指三年期，還朝報循卓。

〔一〕按，《原稿》此句後有「今古一丘貉。非任豺狼貪，即同鷙鳥攫。撟虔一飽腹」四句。

送沈譽生之任靖安

江西是我曾遊處，風土從君一一誇。郭外有山皆種竹，春來無路不迷花。商船晚鬧臨溪碓，官課先輸曬網家。此去始知魚米賤，十年應悔住京華。

寄壽潛江朱石户先生

半肩華髮倚孤筇，萬卷奇書貯短篷。日出茶烟吟甫里，雨來巾角墊林宗。魚標隔竹參差見，酒斾穿花次第逢。如許風期誰獨占，白雲高護丈人峰。

桐城錢田間先生相遇都門出詩集見示中有丁酉寓長千寺投贈先君子七律一章距今已三十二年先君下世且十一年矣感而次韻

敝廬風雨十年扃，南北身隨敗葉零。先友漸如星落落，殘宵愁對火熒熒。詩貪記憶關心讀，話到蒼涼制淚聽。莫問生涯流轉跡，賤貧何事不曾經。

附田間先生原作

古寺秋聲夜不扃，客星幾點共飄零。鐘殘隔院禪香換，雨曉長廊塔火熒。市隱定從江左覓，雅歌還在越中聽。道人入道無他術，只講床頭一卷經。

敬業堂詩集卷九

春帆集盡戊辰一年。

客京師忽四年，戊辰二月，以外舅陸翁抱恙，扶侍南歸。水程濡滯，凡四閱月，舟中多暇，以詩送日，翁雖手顫不能執筆，每口授余書，見余作又未嘗不色喜也。到家後周旋湯藥，余亦無詩矣。

將出都前輩及同學多有贈行之句短章酬別

朝市山林跡總賒，又扶病叟出京華。一卮北酒春傷別，幾度東風客負花。草色青回夾城路，凍痕白退隔年沙。多情通潞亭邊水，穩送歸航直到家。

衛凡夫郎中索題詩册兼志别

鷄鳴九衢曉，城角轉星斗。不忍去長安，此中多好友。友亦不在多，同心十八九。醵錢餞歸人，宴會連夕有。下車揖戴笠，古道君尤厚。君家好門庭，清不借箕帚。堂前兩株藤，植自相國手。凡夫所居即文清公舊邸。春花紫蔕簇，秋實明珠剖。我來婁浵洹，晨對或終酉。有時笑捉鼻，隨意語脱口。纏綿示君真，坦率成我醜。如此兩换年，未覺日月久。君行入郎署，約略歲紀丑。風流白雲司，下視牛馬走。讀書兼讀律，梏拲等枷杻。賦性非所便，時時夢田畝。今春始轉秩，望出曹郎右。好理舊襟懷，依前向詩酒。我行惜薄遽，唱和少于偶。此地最難忘，臨岐幾搔首。

梁藥亭以端溪紫玉硯贈行

吾家老詩翁，家二瞻兄。遠寄數挺墨。行裝無好硯，一試那易得。前年送君歸，許我端溪石。匆匆過三年，此語時在臆。夜聞君到京，壺漏下初刻。入門異彩發，君故不自匿。欣然笑相謂，前諾幸免食。開囊把贈余，理膩不容拭。何來琉璃匣，養此馬肝色。餘潤吐紫烟，燈光忽被蝕。吾弟德尹兩踰嶺，嗜好癡已極。曾抛金珠裝，蓄硯比封殖。窮搜願難滿，妍醜庶能識。亦云此石精，温潤含玉德。忽然落吾手，旁睨三太息。物歸洵有數，在獲詎須弋。奈無十五城，豈易償拱璧。君才本間世，海嶽鍾奇特。仙人五色裙，來跨鳳皇翼。飄飄《凌雲賦》，一一好句逼。留以供濡毫，揮洒固其職。顧蒙謬許與，降氣自摧抑。我詩苦非豪，邊幅守封洫。近來尤懶惰，故步荒學植。得錢了應酬，例取加粉飾。詆媒人挾喙，描寫腕無力。徒然辱佳惠，胡取三百億。逝將返柴荆，稍稍闢畛域。門前一溪水，潑眼清湜湜。洗硯先洗塵，有如苗去賊。學書兼學字，尚覬名副實。持君贈行具，寫我長相憶。因之謝吾宗，墨點漆光黑。

茨棘

牛李仇初作，張陳望苦深。全憑翻覆手，大負始終心。菀柳傷餘蔭[一]，飛鴞誤好音。誰非門下客，茨棘莽成林。

〔一〕按，此二句《原稿》作「瘈狗俄同吠，飛鴞謳好音」。

曉出沙窩門

草緑國東門，舊來送行處。今朝一鞭出，喜赴歸人路。麥隴春未耕，杏園寒尚沍。冰槽沮洳濕，鵝鴨各引嗉。遠氣如湖光，蒸蒸動原樹。長空豁遐矚，變景失回顧。不復夢春明，三年墮雲霧。

張灣舟夜寄德尹都下

漁汀凫渚夢依稀，長是思歸未得歸。底事得歸猶悵望，可憐倦羽又分飛。

發舟後連遇逆風間或阻淺兩日纔行十里許

遠歸決所從，筮《易》利涉川。意亦厭馳逐，捨車遂乘船。何期初放溜，斷渡春風顛。罟師邪許聲，蟻附百丈牽。進尺旋退咫，膠淺不得前。廢閘二十四，一一淤泥填。郵籤筭南程，約略踰三千。一日行五里，到家須兩年。誰能侶凫雁，久坐烟波間。

曉起回望西山

好山隔黄沙，隱隱一重霧。霧斂日紅時，螺青出高樹。

滹縣晚泊

鷗鳥灣洄泊小舠，蘆溝西望樹周遭。殘冰裂石頹兼岸，春水如油滑上篙。老柳耐寒如許瘦，壞垣經久不多高。畫眉塚冷鷹臺塌，一片斜陽雁下壕。

舟夜書所見

月黑見漁燈，孤光一點螢。微微風簇浪，散作滿河星。

打魚莊遇西塞公歸舟述舊有作

長安棋局莫深論，秉燭依然近酒樽。烟火一帆春去國，關河雙鬢雪添痕。嘗黿宦味經調鼎，羅雀交情散署門。記取故人垂老别，病歸猶感向時恩。時余同外舅附楊少司馬歸舟。

口占送陳仲夔舍人還都

别語無多别恨新，短橈明發指天津。殷勤百里猶相送，萬疊西山一故人〔一〕。

〔一〕按，《原稿》此句作「只有西山與故人」。

亂　鴉

白項非無種，烏頭亦有名。野田留點點，古墓去程程。陣忽遮天暗，貪因得食争。君看稻粱雁，失次敢先行。

自王家浦晚至楊村驛

土屋多依堡，民屯半屬官。樹從王浦密，河過蔡村寬。鷗外新蘆茁，犂頭細麥攢。蒲溝行未到，月黑夜漫漫。

三月朔日先君子忌辰。

昨夜還家夢，依依白髮親。覺來三月朔，又感一年春。窀穸悲何地，飄流愧此身。那堪寒食近，南望獨沾巾。

桃花寺

已過桃花口，再問桃花寺。獨客扣門來，老僧方坐睡。欲知春淺深，但看花開未。

掛帆行

船頭船尾收鐵猫，三尺五尺堆銀濤。弓張帆腹機溯箭，原樹却走如奔逃。西山已没烟霧裏，初日欲吐春雲高。須臾倏達直沽岸，風勢未已猶飉飉。當前有關敢飛渡，又向津頭卸帆住。

天津關用薛文清舊韻

地勢東來一掌平，忽開官閣起峥嶸。風腥曉市知魚賤，客過嚴關喜篋輕。暮雨暗添丁字水，春陰低壓直沽城。雲帆轉海非難事，誰念東南物力傾。

三月三日寒食舟中風雨感懷都下舊游寄朱公子恒齋比部三十六韻

愁中時序兼，百六又重三。客路流光感，京華節物諳。尚書期不遠，别墅興尤耽。憶昔春城外，陪遊小築南。年年修禊事，往往盍朋簪。土甑茶開箬，泥封酒拆罎。羽觴佳客泛，鑾榼小童擔。苞愛丁香破，梢宜豆蔻含。地衣紅匝匝，石髮翠毵毵。箏擘斜行雁，絲清獨藺躧。隨方呈妙技，即事借深談。雜座門生列，巾車野老參。幾家同上塚，隨意去停驂。一院鞦韆女，千塲蹴踘男。花遊聯竹轎，芳信簇筠籃。候煖鶯吭滑，烟濃蝶夢酣。種桃尋紫陌，看杏入茅菴。隔日頻相約，先期或預探。柳花登客饌，帶草拂僧龕。沙徑晴熏轉，澄波曉鏡涵。餳簫吹寂寂，粥鼓報鞳鞳。到必移吟笈，歸仍側帽簷。撲翻愁墮韉，豪健笑驅驔。後輩忘形接，先生好士貪。清狂真辱愛，疎略總無慚。好會原難數，傷神忽不堪。東山殂謝傅，西路避羊曇。故業留桑梓，佳城閉柏楠。詩曾傳魏野，曲忍聽何戡。只益窮途苦，寧知世味甘。無人臨曲水，有淚滴春潭。岸濕烏銜紙，船空鼠匿甔。風鳶行斷續，樯燕語詀諵。野意將舒緑，川光未放藍。離情風挾絮，往事霧沈嵐。此恨郎君識，緘題寄北函。

舟　晚

晚色一天霞，空明炫眼花。濁流供飲犢，新月領歸鴉。野曠風長急，塘迴路向斜。兩三人待渡，此去必村家。

白　廟

一院槎枒樹，居僧守鵲巢。俗貧稀賽社，瓦缺只編茅。暗處蟲絲接，塵邊鼠迹交。漁人來寄網，時有一船捎。

泊頭鎮見杏花

澹烟消處日初銜，酒旆微風到布帆。我自偶從花底過，不勞蝴蝶上春衫。

交河道中聞人稱河間縣政績之美輒述其語寄彭椒嵒明府

客經新橋驛，泊舟交河湄。偶逢垂白叟，借問邑宰誰？蒞兹凡幾年，當官何設施？叟置不一答，別舉己所知。爲言河間府，畿南極衝疲。兩州十五縣，首縣又難治。黄昏簿書交，白晝羽檄馳。四野雜莊户，土著留孑遺。責之辦賦税，肉盡空腔皮。可憐牧民官，往往猶鞭笞。追呼力不任，竄身并歸旗。方將計囊橐，焉問疾苦爲？前年來好官，忠信神明慈。聞官乃彭姓，門第江南推。祖父盡公卿，家業貧難支。到官但飲水，一意存撫綏。不承上司喜，不顧同列嗤。不假左右手，不煩誥誡辭。赤子視吾民，子忍父母欺。即如春夏交，輸課有常期。鼕鼕三堂鼓，出早退每遲。文書赴期會，閒暇無停披。木匭設中央，金錢隨所齎。吏前但執算，毋許參一詞。一日投百封，數計若察眉。半月率滿匭，封識宛不移。明朝上大府，手不沾毫釐。自餘了無事，止酒或賦詩。官清民力寬，漸漸歸流離。比來俗大變，迥絶非曩時。朝廷方勤民，下問旁諏咨。大府昨薦達，某官轉高資。分明馴雉歌，載在墨吏碑。坐令惠愛政，平平覺無奇。誰能持此情，流傳向京師。言罷歎息去，春風吹鬢絲。

御莊鋪

小縣他時號阜昌，近城曾築讀書堂。不須更唾劉郎面，豕柵牛欄是御莊。僞齊劉豫僭號，更阜城爲阜昌郡。城北有讀書堂，城南有御莊鋪，明程篁墩詩有「居人不唾劉郎面，猶把亭名號御莊」句。

德州留别田雨來編修

帝里經年别，書來少北郵。故人多請假，游子暫稽留。風雨燈前話，江湖夢裏舟。一笻雙不借，行踏半塘秋。

戲惱德平令楊建垣

草接平橋水拍津，好風裙帶跨驢人。清狂幾許治情在，惆悵自嫌官裏身。

四女祠

在恩縣西北四十里。土人云，漢景帝四年，貝州人傅清，字景山，妻羅氏，無子，生四女，守志養親，終身不嫁，各植一槐，以明己志。四女通釋氏書，日頌《法華》，其後拔宅昇天云。按史，周宇文氏始置貝州，漢時未有此名，自是傳聞之訛。考唐人王建詩注云「宋氏五女，貝州宋處士之女也，曰若華、若昭、若倫、若憲、若茵，其父老病，誓不嫁，以奉事之」云。按貝州，乃今恩縣及清平地，疑此即是矣。

何處著鶯花，春深孝女家。門前古槐樹，兩兩聽慈鴉。

夾馬營

櫪馬驚嘶嘶不止，紅光夜半熊熊起。男兒墮地稱英雄，檢校還朝作天子。陳橋草草被冕旒，版籍不登十六州。却將玉斧畫大渡，肯遣金戈踰白溝。隔河便是遼家地，鄉社枌榆委邊鄙。當時已少廓清功，莫怪孱孫主和議。君不見蛇分鹿死闢西京，豐沛歸來燕代平。至今芒碭連雲氣，不似蕭蕭夾馬營。

月下聞吴歌

客愁今夜較偏多，歸路三千尚隔河。五十六回圓月底，南來初聽本鄉歌。

衛河四絶句王弇州有《衛河八絶》，多叙行役之苦，于風俗有所未備，輒隨所見補之。

其　一

河流千百曲，來往候風信。東南西北間，那得灣灣順。

其　二

微雨曉來霽，孤雲斷不還。黄沙千里道，何處著青山。

其　三

佳人跨驢去，隔岸是娘家。渡口風長好，吹開罩面紗。

其　四

茅屋罾邊市，蘆塲柳外橋。誰知燕趙地，生計儘漁樵。

將至臨清州

小雨吹午晴，菜花黄被阪。方愁白日暮，又惜芳春晚。河流合汶衛，客路投東兖。樹杪見浮圖，去城應不遠。

夜泊南板閘

來從漱玉響潨潨，一枕神清静聽中。只似秀林亭下宿，隔窗今夜雨兼風。《北河紀》：「漱玉泉在州城内，秀林亭在州城外。」

聞荆州兄聲山姪南宫捷音却寄一首

各有高堂奈老何？此情真足慰蹉跎。到家鵲喜連朝有，照客燈花昨夜多。從此朋遊推二阮，向來塲屋説三羅。壯心自倚消難盡，歸去羞爲伏櫪歌。

汶河阻牐少司馬楊公從陸路先歸余與外舅尚滯舟次詩以志别

昨歲春風記出京，再來何意得同行。熟經世路歸貪早，老念貧交别忍輕。水落汶河停去舫，花穠淮岸待行旌。竹萌怒長櫻珠綻，鄉味先輸一月程。

謝孔心一大參餉酒

城南高會已多時，曾和東風芍藥詩。賞到鶯花春爛熳，醉題襟袖夜淋漓。尚書没後園空鎖，謂朱大司空。騎省歸來鬢有絲。多謝故人猶念舊，一樽重對却成悲。

入牐

萬派東南傾，水勢本趨下。何年迴地脈，一股西北瀉。自從燕建都，饋餫吴楚籍。千艘萬艘尾，重載接春夏。黄河故道移，東向海門射。如彀水犀弩，潮汐俱退舍。支流導不得，脈絡乃近借。沂泗濟汶洸，横洿孰分汊。九十七名泉，會通河在濟寧州城南，南抵徐州，達清河入淮，北經臨清州，合衛河入海，沂、泗、洸、汶入漕之泉，九十有七。扼吭走一罅。綿綿數百里，寸寸阻成壩。層層板堵束，宛宛巨綆架。通透蟻穴穿，點滴糟床醡。一牐守一官，役夫供咄吒。幺麐成鬼怪，有若腐鼠嚇。毫釐日主進，傲慢禮無迓。糧船排幫來，客棹何從駕〔一〕。汴堤鄭國渠，事往役隨罷。豈惟滋禾黍，兼可活桑柘。不聞溝洫成，止用通艋舴。奈何并梗塞，行旅見來乍。我生昧時向，永與捷徑謝。所遇總紆途，濡遲復奚訝。

〔一〕按，此句後《原稿》尚有「牐官前有辭，違例吁可怕。此輩何足嗔，成見執難化」四句，後删去。

閘口觀罾魚者

牐河一綫才如溝，戢戢魚聚針千頭。其中巨者長二寸，領隊已足稱豪酋。爾生亦覺太局促，漂漚散沫沈還浮。不知世有海江闊，長養何異蒙拘囚。縱教族類繁鰍魭，變化詎得同蛟虬。居民活計乃在此，勞不撒網逸不鉤。竹竿綳罾密作眼，駕以一葉無篷舟。朝來暮去尋丈内，細細粘取銀花稠。庖厨却緣瑣碎棄，曝向風日乾初收。微鯹苟適飼貍用，性命肯爲纖毫留。吾聞王政雖無澤梁禁，鯤鮞尚有洿池游。人窮微物必盡取，此事隱繫蒼生憂。一錢亦徵入市税，末世往往多窮搜。

京城西南豐臺芍藥最盛余未嘗一寓目也今年與唐實君有約同賞復匆匆出都長途春杪省記前言時實君已捷南宫矣作詩以寄兼示梁藥亭鄭禹梅王后張張寄亭吕山瀏徐虞門孫愷似王令貽陸冠周湯西崖吴元朗陳仲夔錢朗行皆同年進士也

四年騎馬客京華，不問豐臺賣酒家。已約同遊向春尾，獨憐回首又天涯。驩場易醒繁華夢，貧女羞簪富貴花。但是成名寧論晚，少年能得幾人誇。

阻牐十日始得渡臨清關

明知前路方多牐，且喜今朝已渡關。薺菜花開春事了，荒城十日鬢催斑。

晚抵梁家鄉牐

十里五里程，三板兩板水。遠寺有鐘聲，朧朧烟樹裏。隨風渡渚去，已斷還復起。獨客此時聽，孤燈壓篷底。

東昌道中

黄沙碧草兩無情，鵾鳩愁聞第一聲。辜負遺山詩句好，杏花開後過聊城。「杏花尊酒記聊城」，元裕之詩語。

聊城舟中再得荆州兄臚唱之信喜叠前韵

才藻稱量去幾何，有誰高占五經科。一名縱使輸人後，頭地終看讓爾多。逸足逢時争築館，高鴻回首笑張羅。青山憔悴無如僕，破涕猶能擊楫歌。

登光嶽樓

聊攝城端萬木風，層樓高勢拓齊東。晴光過雨浮浮白，初日迎帆靄靄紅。汶水曲流荒甸北，泰山遥指亂雲中。緑蕪滿眼春垂盡，獨倚危欄看斷虹。

曉晴即目二首

其一

水潤沙田徧棱犂，毵毵兩岸麥頭齊。柳綿已被風吹盡，不化浮萍但作泥。

其二

灘平風軟出前津，畫舫南幫自作鄰。一練波光如拭鏡，翠烟扶起柁樓人。

晚泊周店雷雨大作

已作迴風半日凉，忽聞雷雨洒淋浪。洪流赴牐增雷勢，一綫穿雲走電光。斑籜定抽苔徑筍，緑針初剪水田秧。唤醒孤客田園夢，剩有蛙聲似故鄉。

入兗州境望徂徠山

青山雅淡如故人，何可經時不相見。我行久與故人別，轉向青山增眷戀。來從燕趙歷齊邦，千里平沙黃一片。眼前俗物厭勃塞，物外心期失蔥蒨。朝來雙眼豁然開，已報汶流通魯甸。日高螺髻矗諸峰，天遠修眉浮半面。含姿獻態各自媚，一老峨峨聳冠弁。玆山洵屬魯之望，指點兒童悉能辨。猶傳有道石先生，六一垂銘抵佳傳。聖人已遠道僅存，此事終應賴狂狷。景行併作高山仰，恍惚風流覿前彥。白楊風急不少留，片帆忽過東阿縣。

南旺分水龍王廟

兩龍爭掉尾，萬馬各隨羣。勢自中流劈，聲猶隔岸聞。江河雖日下，南北竟平分。先寄歸心去，吾家傍海濆。

孫　村

村繞河流一曲，路分湖面三叉。青蜓雨催麥秀，黃雀風開棗花。蘆邊橋影人影，林外漁家酒家。漸近南中土俗，居人多食蝦蟆。

過濟寧不及遊南池

人笑平生頗好奇，勝遊到處每差池。曩在武昌，不登黄鶴樓，過長沙，不游岳麓書院，故云。不才自信能藏拙，况有光芒李杜詩。

魚臺道中

一碧開平遠，居人就土泉。斷山連石麓，涸水益湖田。風俗佃漁地，菰蔣雁鶩天。自慙生理拙，飄泊過年年。

沛縣泗亭驛二首

其一

萬乘還鄉父老迎，《大風歌》罷氣峥嶸。不知何事翻垂淚，方覺英雄别有情。

其二

一劒親提帝業成，枌榆猶動布衣情。沐猴豈是真龍匹，富貴徒誇晝錦行。

出牐

烟波六十宿，淹泊情不洽。前途得通津，客况喜出牐。平流一川穩，叢葦兩岸夾。好風緑陰來，黄鳥啼恰恰。南船各相傍，北客焉得狎。蠻歌楚傖和，香稻吴娘臿。明知漸近家，畏路接眉睫。近聞黄河流，怒氣中尚挾。治河如築舍，國計司農乏。盡輸竹楗沈，更費柳帚壓。坐視淮泗民，爲魚鱉鵝鴨。餘生猶應役，婦女助畚鍤。廟堂宵旰憂，疏瀹豈無法。九年始殛鯀，厥罪浮令甲。書生托空談，快意取一霎。作詩攄憤懣，强韻苦難押。

宿遷

纔過桃花漲，沙痕嚙岸新。孤城依井底，三面轉河身。黿鼉居相雜，蛟龍性不馴。長聞淮泗滿，嗟爾一方民。

雨中渡黄河六韻

直放東南去，無風自作聲。中流帆影没，遠樹浪頭生。雲與平蕪際，灣隨曲勢成。竟同浮世濁，待得幾時清。官柳行行密，閒鷗對對輕。空濛三十里，轉眼失孤城。

桃源縣

廢綠春荒瘠土耕，河堧小縣併無城。武林鷄犬應相笑，如此蒼凉浪得名。

清江浦

淮山浮遠翠，淮水漾深渌。倒影入樓臺，滿欄花撲撲。誰知闤闠外，依舊有蘆屋。時見淡粧人，青裙曳長幅。

漂母祠

慙愧恩叨一飯深，當時果否識淮陰。後來不却千金賜，難説初無望報心。

淮上曉發

紞如五鼓催船發，輪仄高城下弦月。已聞兩岸過鈴聲，燭燭曉星光未没。依稀枕上續歸夢，尚隔江湖浩難越。起來照影向清淮，愁見塵顔映華髮。往還跨下橋邊路，萬事回頭總飄忽。只有年光不負人，鯗魚絮煖蓴絲滑。

遊喬石林侍讀縱棹園出圖索題

海棠花紅紫藤紫，日日酣歌向燕市。別中兩度負春風，短棹來尋白蘋沚。弈棋時局經眼見，去國名高今有幾。先生一賦歸來辭，多少陰功被桑梓。朝廷已用當時議，海内方思正人起。那知一意方掉頭，風月無邊任驅使。別開小墢植籬楥，汀瀅三鴟板橋水。水窮橋斷去無路，賴有輕船纜沙尾。迤邐初疑村落傍，灣澴忽轉高城趾。蔣芽荻筍芰荷葉，净緑澄鮮雨新洗。釣絲影裏亭榭開，萬瓦鱗鱗動波底。琴床旋傍曲檻設，門徑從教比鄰徙。梅邊補種竹數竿，柳畔移栽花萬蕊。莫言此樂乃易得，抛却金龜纔换此。假公尚直蛾眉班，夜枕終當夢田里。斜街草堂縱峻絶，未免浮塵洒窗几。空看圖畫憶故鄉，何似收身圖畫裏。只今杖履歷真境，愛護猶珍一幀紙。經過不拒野人遊，敢惜留詩嘲鄙俚。水南地空多莎草，鷗鷺成羣占涯涘。許我閒撑放鴨船，與公唱和從兹始。余亦以放鴨圖索公題句。

秦郵道中

高田半没低田淤，小舟賣藕兼賣魚。可憐活計墮水底，盡是失業耕田夫。湖波怒嚙孤城口，一派萑苻萃淵藪。但望南風長黍苗，不須東岸栽楊柳。

紅橋即事

對門楊柳慣藏鴉，斑竹籬前姊妹花。十里珠簾消不得，扇紈風起客思家。

敬業堂詩集卷十

獨吟集起己巳正月，盡九月。

去夏到家，外舅陸先生風攣漸減，猶冀稍延歲月也。乃今二月竟爾不起，余既視含殮，復狥故人之招，匆匆北上，關山獨往，觸緒悲來，不禁涕泪之横集也。

外舅陸射山先生挽歌二章

其一

公亡先友盡，孤露感吾生。别有無窮泪，非關兒女情。破家緣結客，玩世亦逃名。不比陶元亮，徒高處士聲。

其　二

吴天春夜月，偏犯少微星。昨去扶衰病，今來失典刑。履綦雖寂莫，畫像儼精靈。世乏中郎筆，誰爲有道銘。

重過聽鶯齋留别徐淮江二首

其　一

一度相過一愴神，尚書宅畔老松筠。年時地主無多在，狼籍江關况酒人。傷程禹聲、家韜荒也。

其　二

雁行啼過雨瀟瀟，往事深燈又此宵。記得小船秋港别，葦花遮斷賀家橋。

虎　丘〔一〕

又作山塘一日留，相逢往往説宸遊。朱欄路轉千人石，黄瓦春開萬歲樓。花柳時清無隙地，管絃興盡有迴舟。繁華何與閒僧事，添炷香燈照白頭。

〔一〕按，《原稿》題後有「與次谷兄分韻」，後删去六字。

吴門與惠研谿話舊

燕市歌狂散酒星，勞勞三百五長亭。桃花影裏抽帆路，流落江東剩兩萍。

京口遇朱悔人

丁卯橋荒感再經，勞人雙鬢各星星。一帆北固烟初暝，二月南徐草未青。京洛夢回同斷梗，江湖天闊但浮萍。春愁滿眼分襟路，怕上旗邊舊酒亭。

三月二日揚州作

鈔關門外綵層層，三月烟花見未曾〔一〕。張得水嬉還望幸，船船絃索上紅燈。時傳大駕已幸淮陽。

〔一〕「烟花」，《原稿》作「揚州」。

上巳過平山堂下

發軫維揚城，苕苕入塵陌。不逢湔裙女，但見騎驢客。平山平似岸，夾路植松柏。堂空感良遊，事往念前哲。當時手種柳，摇落那禁折。躄此駐征鞍，一帘風向夕。

晚宿大儀鎮

萬乘方南巡，孔道車凑輻。我行取紆折，路僻馬不熟。臨岐徘徊鳴，旅況愴孤獨。廣陵繁麗地，咫尺異風俗。沙田廢牛耕，灌莽抽新緑。人稀鳥巢少，鴉鵲争一木。村童弛樵擔，古佛棲草屋。杳杳望炊烟，荒荒晚投宿。

天長縣北郭外垂柳夾隄清渠一道土人云即汴河也

萬葉千梢映碧波，一條虹影曳坡陀。天長縣北聞人説，此是隋家古汴河。

自盱眙北界沿洪澤湖西北行晚至高家堰

淮泗方合流，洪湖際溟漠。水所從來高，其勢建瓴若。長堤亘首尾，力敵萬鎖鑰。近傳泗州城，三板没郛郭。澄波見井竈，了了魚蝦躍。淮陽地尤卑，東岸狂瀾劇。十年費國計，萬杵鳴橐橐。排樁内甃石，陡起堵墻削。禹功紀告成，注海有疏瀹。不聞當横流，扼吭恣噴薄。決口既須塞，減水孰開鑿。自唐埂以上，決口三十四，減水壩六。減水法始於宋回河之議。蘇潁濱云「回河雖罷，減水猶存」是也。九道湮成河，洪澤以下，向有成河九道。沙田梗流惡。放之使行地，汗漫無歸着。天下本一家，揚州忍爲壑。移亡及身事，丘墓傷淹泊。可憐水鄉民，不及黿鼉樂。九重亟軫念，南幸求民莫。河嶽盡懷柔，淮神敢行虐。天功即帝力，愚賤匆可度。我來愛漣漪，正值沙水涸。一程滌煩懣，清曠迥踰昨。夕陽射湖東，欲落尚未落。忽然得新句，放眼向寥廓。

黄河待渡

遠行疲長途，春晝赴急景。梶車柳陰下，稍覺白日永。黄埃渡河來，風氣變淒冷。奔湍怒流濁，拍岸高過頂。千檣萬檣形，倒視無一影。沙崩人跡散，月上波響静。衆涉卬敢争，及兹放孤艇。

澗橋

風色轉河壖，春光滿淮甸。阪被菜花黄，籬窺野桃蒨。朝陽出疎樹，蘆屋烟中見。饌無登盤魚，户有啣泥燕。從人問前路，已近清河縣。

大霧新灘道中

陰霾忽交集，一氣吞平沙。如入大海中，瀰漫四無涯。前行泛孤鶩〔一〕，後旅延修蛇。似密忽已疎，稍開旋復遮。大塊任勃塞，陽烏斂光華。朦朧一鏡懸，注視眼不花。方當晻靄際，正氣難勝邪。無何廣漠風，披豁青天霞。君子視洞達，毋令道里差。

〔一〕「鶩」，《原稿》作「騖」。

次日發沭陽渡小溝河大霧復作次前韻

昨日如細雨，今晨同歕沙。廣川横我前，截岸作兩涯。砉如壯士劍，當道分長蛇。亂流苦無船，林黑影被遮。僕夫牽馬渡，闇闇迷春華。路旁玉瓏鬆，結作野草花。老農識占候，何笠歌汙邪。連霧知大風，暮雨看晴霞。人事難預測，物理永不差。

紅花埠至曹村四十里間桃李夾路

遥林春鳥啼，客枕促晨起。有村有園圃，無處無桃李。烟氣薄花光，迷濛四十里。方當鞍馬倦，忽值風日美。欲去轉躊躕，北行恐無此。

大風

新月夜生暈，朝來果作風。初聞響騷騷，停午聲蓬蓬。砂礫本附地，簸蕩忽向空。遥天失其青，皎日爲之紅。憶昨衝霧雨，兀如醉夢中。行當快掃除，何復遮溟濛。勃蹊向六鑿，無地置我躬。有目欲使眯，有耳欲使聾。口鼻比山澤，呼吸恐不通。五官心則靈，獨覺非外蒙。涉川畏波浪，遵陸愁霾霿。男兒歎失意，豈必皆途窮。平生塵土緣，鹵莽焉知終。去去洗垢濁，還君憔悴容。

寒食行〔一〕

老鴉銜紙錢，飛上白楊樹。破廬誰氏子，挈榼上冢去。新鬼土作堆，堆平鬼亦故。百年過鼎鼎，孰者非朝露。安知今樓臺，不是昔墟墓。十年寒食節，九度他鄉路。看到野棠梨，荒山春又暮。

〔一〕按，《原稿》題作「寒食山行」。

清明日蒙陰道上觀鞦韆戲作

隔墻聞笑聲，人在花枝下。花枝旋摇動，傍有秋千架。何人挾飛仙，天半飄裙衩。瀏瀧俄頓挫，按抑還騰躪。力怯不自持，身輕若無藉。柳絲妬腰細，捲起向空掛。却下整雲鬟，神情自閒暇。魯邦喜遊冶，民俗廢桑柘。已經上巳辰，纔過百六夜。新粧與靚服，往往出茆舍。鄉風隨俗有，客路關心乍。未免憶江南，家家好亭榭。

新泰旅壁見故人周青士題詩愴然繼和

歎息溪南老，生涯詎忍論。有詩題壞壁，無計卧窮村。去作京華客，歸招旅櫬魂。乾坤吾哭汝，塵土上啼痕。

過西嶺數里許土岡微起道傍新立木榜署古新甫山五年前經此未嘗有也

南眺東蒙峰，北瞻泰岱巔。相望三百里，徂徠處其間。新甫特土壤，居然亦名山。石老柏不生，荒榛互綿延。文人好夸大，後世事或然。曼碩告寢成，煌煌郊廟篇。移風繼《周頌》，孔子經手删。不應《閟宫》什，失實載簡編。魯邦岩岫多，高峙争孱顔。今聞非昔指，彼此揣度懸。年往事易訛，况加附會牽。我欲正此謬，詩成恐難傳。王伯厚《困學紀聞》云：《魯頌》「徂徠之松」，《後漢》注：兖州博城縣有徂來山。「新甫之柏」，傳注不言所在，惟後魏《地形志》：魯郡汶陽縣有新甫山。《通典》：漢汶陽故城在兖州泗水縣東南。

望岱

山形陡然來，其勢乃易量。孤根雖秀拔，羣岫或爭抗。泰岱四岳宗，宇宙虞隘妨。去聲。大麓起沂州，鱗鱗叠巒嶂。客程窮五日，日日坡陀上。不知去平地，已是幾千丈。漸覺所歷高，縱眼快前嚮。昨經新泰郊，突兀方示象。將開意忽會，在遠神彌王。霞氣舉之升，隔天樹屏障。龜蒙挾鳧繹，連絡走相傍。徂徠亦兒孫，未可儕輩行。其他況培塿，倚伏同一狀。今朝及山趾，耳目嗒焉喪。便思躡芒屩，去倚扶桑杖。天門泬寥開，萬里詄蕩蕩。仰瞻星漢逼，下掃雲海漲。鷄鳴日觀峰，倒影出摩盪。惜哉身未到，祇用窮想像。秦松漢代柏，盤攫倘無恙。碑憶磨崖鑴，亭思駐蹕創。賢君七十二，踵事規橅壯。如何太史文，隱躍時近謗。誰陳《封禪頌》，體格要有當。游蹤觸覩記，即事語敢放。覽眺存古懷，終期慰遐暢。

癭俗戲和次谷兄

晨辭泰安州，午達長清境。石欹行礙步，土燥俗少井。木瓢酌山窪，歲久必生癭。醜形婦女甚，户户裁闊領。東坡詩：「闊領先裁覆癭衣。」牛病垂老胡，豕肥縮短頸。苦開脹河豚，餘怒鼓蛙黽。兒郎打銀釵，亂髮時一整。野花插偏髻，陋質寧自省。

開山廟

磽确苦厭山，出山愛蒼翠。迴看青蓮花，一一吐烟際。綿連魯齊界，豁達燕趙氣。黄塵有時開，白日曬平地。輪蹄倚空闊，所向莽無避。蹭蹬身已經，吾行方按轡。

曉過平原

宿醉兼殘夢，朦朧過幾村。明星天一角，紅日縣東門。四面柳陰合，千家烟氣昏。朝來好風色，躍馬過平原。

重宿德州有懷研谿西厓

德州城邊三月杪，桃李家家傍清沼。繫船人見跨鞍人，一色春衫青鬭草。令君載酒遠見餉，去年春杪，泊舟德平，楊令君攜酒相過。侍史求詩近相惱。風流學士田先生，雨來編修。騎馬來尋苦不早。城端角聲門欲閉，話别匆匆語難了。杯闌却記惠與湯，此地曾誇紅袖好。詞題裙帶付張態，曲記油車嫁蘇小。每攜行卷誇向人，不信裝囊易傾倒。爾來好事復誰繼，只有征埃催我老。春風兩鬢添幾絲，又是去歲看花時。

河間道中

沙路條條似，前行曉易迷。牛鳴新店火，月上阜城鷄。古堠烽煙静，遥天樹木低。數錢工姹女，詩橐笑空攜。

與彭椒嵓時宰河間縣。

别裏三年夢，初疑作吏難。衝繁畿輔地，辛苦牧民官。元結詩仍好，安仁鬢未殘。合并無限喜，爲爾一加餐。

椒嵓座上喜晤王赤城兼讀集中見寄詩知與余神交有年矣短章奉酬〔一〕

故人知我來，堠騎迎郊甸。相逢車笠間，尚作文酒讌。後堂出嘉賓，齒序列筵饌。爲言老兄弟，結契自少賤。我初熟君名，想像得君面。邂逅此會奇，心期慰依戀。酒酣出新句，唱和近成卷。語妙非俗觀，篇終有餘善。長歌謬見及，卒讀訝深眷。僕本田間人，無端去鄉縣。奔馳十年事，迅若釋絃箭。挾瑟與彈箏，隨時技羞變。重來有何趣，翼塌孤飛燕。猥蒙許與加，力薄已難踐。從君生感激，别淚爲一泫。

〔一〕「城」，《原稿》作「成」。

趙北口

燕南趙北際，地是古易州。兩淀亘一隄，隄南爲白洋淀，北爲黑洋淀。隄長若橋浮。前年驅車過，濘淖没我輈。雨脚颯颯垂，心懷失足憂。至今旅枕夢，澀縮不敢投。兹來喜春霽，日色和且柔。晨餐具鮮鯽，門有曬網舟。飛沙隔岸來，風削墮浪頭。俯見夾岸柳，枝枝倒清流。人生各有營，偶過難久留。愧此千頃緑，一雙雪毛鷗。

自雄縣至白溝河感遼宋舊事慨然作

已割燕雲十六州，雄關形勢笑空留。兩河地與中原陷，三鎮兵誰一戰收。細草鳴駞非故壘，夕陽飲馬又中流。長江南北天難限，一綫何煩指白溝。

過涿州懷楊耑木

廟社樓桑跡僅留，城南綬轡記同遊。春風又送孤唫客，一背斜陽過涿州。

三月晦日飲朱十表兄槐樹斜街新寓同梁藥亭吴震一作三首

其　一

槐街舊與一峯鄰，一峯，喬石林侍讀舊寓堂名。酒甕重開爲洗塵。最喜今年春帶閏，遲來猶作看花人。

其　二

兩株桃樹手親移，紅影紛紛落酒巵。特與幽庭添曲折，秫稭椶綫縛笆籬。

其　三

古藤陰下三間屋，爛醉狂吟又一時。惆悵故人重會飲，小箋傳看洛中詩。是日，得家德尹洛中所寄絶句。

豐臺看芍藥同家次谷兄陳元之甥四首

其　一

不用穿花坐竹兜，蹇驢馱客穩如舟。垂楊十里緑陰合，中有一雙黄栗留〔一〕。

〔一〕按，《原稿》此句作「只欠一聲黄栗留」，復圈去「只欠」，改爲「可少」。

其　二

意外穠粧鬭眼新，無端一笑爲迷津。妬他誤馬隨車處，出色花枝不避人。

其　三

紅艷羣羣綺陌遊，春風繭栗憶揚州。十年一夢依稀似，老眼貪看分外羞。

其　四

孟公愛客不尋常，知我錢空買醉囊。特遣白衣迎半路，一壺重發少年狂。時陳實齋遠致酒肴見餉。

次韻送梁藥亭庶常請假歸南海

但使官情澹，何妨老耐貧。忍抛同醉伴，還對獨吟人。草色留書帶，槐陰借比鄰。荔枝紅過嶺，一騎是歸塵。

夜聞孫愷似家絃索聲戲柬索和

歌頭酒尾愔愔夜，懊惱燈光却被遮。略似香風吹夢醒，一番芳事屬鄰家。

合肥大司馬李公席上聽楊老彈琴

卧遊堂北夜愔愔，及記年時刻燭吟。别後人誰憐廢瑟，爨餘公自賞孤琴。衆山圖畫聲相應，一技工夫老更深。慙愧重來聽雅奏，也應情感爲知音。

朱恒齋招余下榻齋中書此示意

君家春草堂，舊是讐書地。手澤尚如新，忍添遊子淚。

移寓次譚蘐城給諫韵三首

其一

貪得槐街近作鄰，舊寓去竹垞最近。再遷吾意亦逡巡。無端倂誤將雛燕，一月蘧廬認主人。

其二

雁齒檐齊落井湄，清泉飛出起淪漪。轆轤本爲澆花設，一折流成洗硯池。

其三

病夫嬾惰朝貪睡，最怕車輪撼竹床。此地市聲來較遠，輕雷隱隱過鄰墻。

移寓後喜魏禹平早過

莞桔庭幽愛客來，籬邊一徑恰新開。曾經昨日争棋處，拾得花陰墮子回。

題蔡方麓修撰早朝圖二首

其一

水精簾捲月如鈎，侍史粧成盡下樓。比似早朝還較早，不教君起看梳頭。

其二

花冠催曉漏聲微，樺燭光中翠袖圍。未拂御爐香已透，玉纖親捧上朝衣。

暑中坐敬如西齋竟日

蕉心展卷放高葉，藤蔓著花垂嫩梢。笛簟一床書萬卷，紙窗南北緑陰交。

西厓久患耳病詩以訊之

藥鐺烟氣散清晨，薄病風流又過春。街鼓不傳眠較穩，砌花貪看眼長新。對床尚憶聞鷄伴，一震翻憐失箸人。好與繙書報方法，滿壺社酒乞比鄰。

喜雨對榻有懷西厓聯句二十六韻

觸熱來京師，驕陽值乾暵。禹平。僑居隔隘巷，欲出愁喘汗。夏重。濡髮頭濯冰，燎毛背炙炭。禹平。爍爍火帝輪，赫赫炎官繖。夏重。鳥焚顛木巢，蠅嘬削瓜案。禹平。居人苦焆灼，行者防糜爛。夏重。側聆清禁中，一月儆宵旰。禹平。魯史陳舞雩，周詩誦《雲漢》。夏重。不傳避暑銘，每壓當食嘆。禹平。吏無酷可烹，禮有典乃按。夏重。桐魚瘞壇圻，金鷄釋狴犴。禹平。天心倏已移，雲氣滃不散。夏重。雹雷震虢虢，溝水鳴灌灌。禹平。急來扣扉聲，拉雜屋壁捍。夏重。捲書君劇喜，踏屐我奚憚。禹平。榴蕊紅洗粧，梧蔭翠流榦。夏重。潤揜沾幔濕，密愛拓窗看。禹平。扠饞魚登柈，户小杯舉觛。夏重。鬱襟快哉披，短幘頽然岸。禹平。雖當醉眼纈，未許鼻息鼾。夏重。憶昔斜街西，吾友客僧館。禹平。聯吟秋歷九，聽雨夜過半。夏重。往事忽到心，暗嗟流景换。禹平。虚名三子曾，失意二人但。夏重。預憂燭見跋，冀聽響達旦。禹平。凌晨過東鄰，老樹恣所玩。夏重。

古銅筆洗聯句狀如荷葉，中有銀魚，長半寸許，三足皆作螺形。

土花蝕已徧，禹平。雅製近宣和。夏重。片葉翠遮硯，禹平。一珠圓滴荷。夏重。露鱗沈白小，禹平。烟觳帶青螺。夏重。欲遣詩塵滌，禹平。濡毫墨幾多。夏重。

集槐樹斜街苦熱聯句此首已刻《曝書亭集》，今附見。

苦熱今年甚，幽州亦藴蒸。朱茂曬。久無甘雨降，惟見火雲升。姜宸英。際夜焦烟合，經天杲日恒。徐善。高林枯白帶，淺沜露丹稜。王原。最怕衝灰洞，何須堰戾陵。黄虞稷。河流金口膩，山翠畫眉層。朱彝尊。黑蜧潛難見，商羊舞莫憑。萬斯同。新畬荒黍稷，遺種慮蟊螣。張遠。雩隊分行綴，祠官典故徵。譚瑄。力難驅旱魃，咒乃試番僧。慎行。童女雙丫髻，旂竿五色繒。李澄中。新粧朱箔捲，雜戲緑衣能。魏坤。虹霓羣情望，塵埃萬目瞪。龔翔麟。疾雷無影響，長轂但輷輘。釋净憲。銷夏愁無策，聯吟喜得朋。湯右曾。盡諳微徑入，不待小僮膺。朱儼。席帽人人脱，亭欄處處凭。鄭觀衮。劇談多野趣，苛禮必深懲。錢光夔。旅跡頻年共，鄉心觸緒增。茂睭。小航思劃槳，精舍憶擔簦。宸英。白剥烏頭芡，青牽紫角菱。原。夕風嘶麥蚻，横港没魚鷹。竹樹濃於畫，笆籬密似罾。彝尊。千家花滿屋，六月稻交塍。右曾。自失江村樂，翻憐毒暑仍。斯同。黄沙隨扇集，白汗比漿凝。遠。易漬牀牀簟，空支院院棚。擔稀珠市果，價倍玉河冰。慎行。槁落含香蕊，攣拳臯格藤。善。暗窺蛛網縮，乾拆燕泥崩。翔麟。户撤垂簾額，瓶添汲井繩。儼。慵尋温水浴，只想冷硎登。瑄。三葛衣猶重，雙絲履不勝。撥書嫌走蠹，懸拂倦驅蠅。坤。衹覺挐拖便，誰甘襏襫稱。觀衮。到門防客刺，無地曲吾肱。彝尊。亟買泉澆圃，同貪草藉芀。茂睭。酒捹河朔飲，茶愛武夷秤。宸英。返照斜初斂，微涼暮可乘。原。分曹争射覆，四座百觚騰。慎行。

甌舫消夏分賦涼蓬

平鋪一面蓆，高出四邊墻。雨似停船聽，風宜露頂涼。片陰停卓午，返景入斜陽。轉憶臨溪宅，松毛透屋香。

次韻奉送大司空翁公請假歸虞山二首

其一

特賜外卿上冢還[一]，履聲暫許撤朝班。官情自領升沈外，物望同歸進退間。圖畫重開供帳路，雲山新署草堂顏。依稀文靖城南墅，只隔蒼烟水一灣。

〔一〕「外」，《原稿》作「冬」。

其二

布衣重上退賓堂，多愧南豐一瓣香。場屋感公憐被放，橋門回首憶分行。如蓬旅跡仍難定，似海恩門豈易量。不覺臨岐成雪涕，車輪那得比迴腸。公爲國子祭酒，余受知最深。

初秋同胡修予王令貽王文子林碧山程天石家荊州小飲雙林寺荷亭上次韻

共喜聯鞍去，精藍古堠邊。斷橋花底鷺，高岸柳陰蟬。野意迎涼爽，秋容得雨鮮。昔遊吾自記，塵土夢三年。丁卯春，與時菴先生小憩於此。

題許壺山小影

共識丹徒一布衣，曾將健筆動宸扉。如今却伴梳翎鶴，縱有烟霄已倦飛。

牽牛花十二韻同竹垞兄賦

添得新秋意，幽芳豔一庭。開長先七夕，名許拆雙星。宿露凉初洗，朝陽夢乍醒。籬頭從點綴，竹尾借娉婷。徑淺疑妨帽，窗疏愛拂櫺。蜘蛛簷角網，蟋蟀草邊亭。垂處梢梢碧，分來朵朵青。有人簪緑鬢，無分插花缾。輕較春天蝶，微黏雨夜螢。肖形嫌鼓子，妬鳥啄金鈴。榮落誰相惜，凉暄爾慣經。寫生煩妙手，渲染上圍屏。

贈如臯許嘿公許工篆刻。

曾摹一卷岐陽碣，只作西周舊本看。好古未妨生末世，成名終不藉微官。許曾宦閩中。眼中識字如君少，老去知音較昔難。料合中原無手敵，莫教旗鼓更登壇。嘿公向受知於合肥龔尚書，其贈詩有「寄語揚州程穆倩，中原旗鼓正相當」之句。

雨中同竹垞兄過恒齋飲次竹垞韻

僦居長喜接京坊，但約相過便對床。數點忽飄花外雨，十分初透竹間凉。詩貪老境甘如蔗，醉覺香醪味似糖。還有持螯餘興在，隔厨燈火聽鳴薑。

西郊雜咏與竹垞水村分賦五首

三虎橋

狠石怒趁人，風聲挾秋雨。馬驚左右顧，橋滑路難取。誰呼北平守，三發三飲羽。我欲從之游，入山射真虎。

昌運宫

老鸛巢古枝，虚廊交泠翠。凄凉前代塚，傳是張常侍。煌煌元老文，苔蝕仆碑字。賜域滿西山，斯人或無愧。

松林院

珍果充尚方，嚴鐍守花木。今年上供缺，夏旱秋不熟。僧庖拾枯柟，客飯烹野蔌。莫怪鳥來稀，疎林葉俱禿。

摩訶菴

修竹如高人，閒花比静女。移根入廟市，束縛吾憐汝。人生屬有役，物性便得所。及此憩茆菴，秋光媚孤旅。

元福宫

出屋聞遠籟，入門走長松。粘天百頃濤，下有掉尾龍。長養紀何朝，云自明武宗。迴鞭促斜照，紫翠凝西峯。

次韻送卓履齋

等輩風流滿座傾，不因入洛占時名。半年旅跡萍漂斷，八月邊塵雨洗清。家遠窮交愁易别，路難歸計羡先成。長橋兩岸蘆花雪，畫裏扁舟一纜横。

次韻送周林於歸梅里二首

其一

結客曾經汗漫遊，雁風吹落鬢絲秋。誰憐豪氣除難盡，脱却征衫去叱牛。

其　二

燕昭臺側酒壚傍，别後親知半在亡。傷青士、分虎也。重向溪南揮老淚，十年孤客始還鄉。

次韻送高念祖遊晉中

一天霜氣上征袍，獨雁䙫褷愛羽毛。惆悵黄花燕市酒，送君時節近登高。

天寧寺觀塔燈聯句同後一首亦刻《曝書亭集》。

秋風鳴枯槐，斜日薄西崦。徐善。並馬入寺門，客衣罥蕣蘞。朱茂晭。于焉展嘉覿，一笑輟鉛槧。高佑釲。巡檐禮紺塔，卓立大且儼。朱彝尊。陳丹和暗粉，古色剩渲染。魏坤。蹟仍開皇舊，函并舍利崦。慎行。一十三重檐，檐檐風鐸颭。善。蟠楹蛟躨跜，負礎鬼脊貶。茂晭。飛梯絶階級，白石奪琬琰。佑釲。鎔金范爲燈，設砌架成广。彝尊。纍纍仄蜂房，歷歷覆蟹厴。坤。怖鴿棲難安，一夫敢走險。慎行。綆缶挽膏油，豆火發星敪。善。初如螢尾炫，忽若獸目睒。茂晭。或如爐杴炭，或如竈炊㮇。佑釲。須臾繞扶欄，散作四百點。彝尊。虚堂鑒纖毫，老樹失掩冉。坤。置身圓鏡中，交光不可掩。慎行。氛烟看直上，樓閣時一閃。善。鼓鐘聲遠聞，來者紛襛襳。茂晭。提攜及童嬰，羅拜雜寺閹。佑釲。營營各有挾，邀福得毋諂。彝尊。

禮義苟不愆，寸心又何慊。坤。玩物隨所遭，誰能束崖檢。慎行。宵分梵放歇，漏轉人散漸。善。茗椀坐屢遷，松關啓還扂。茂晭。衰年疲倚徙，禪榻擁衾簟。佑釲。弦月墮側輪，濕雲俄淰淰。彝尊。騄驚山雨來，昏夢豁囈魘。坤。晨興矚林端，餘熸尚未斂。慎行。

九日雨阻天寧寺聯句

仁王塔，祇樹林。客九日，期登臨。朱彝尊。木蕭蕭，雨霪霪。泥滑滑，愁人心。慎行。馬毛縮，魚潦深。行躑躅，坐沈吟。魏坤。日月逝，年光侵。去者昔，來者今。徐善。别苦易，思難任。樽有酒，且酌斟。高佑釲。脱我帽，披我襟。折黄花，試共簪。朱茂晭。

送次谷兄南歸次汪東川祭酒韻

蹔來那得久淹留〔一〕，八十高堂已白頭。布被一床空戀别，人門半刺肯輕投。黄沙草接新霜路，紅葉燈移古渡舟。筭得過淮天氣好，初冬風日尚如秋。

〔一〕「得」，《原稿》原作「得」，後改爲「肯」。

送江補齋侍御巡鹺長蘆次禹平韻

析津脈絡聯神京，白河南注駛且清。天開地坼三百里，樓櫓突起高峥嶸。晴烟晝騰氣靄靄，刻漏夜下聲丁丁。雄關屹立當海口，鯨呿鰲擲誰敢攖？雲帆舊轉吴會粟，鎖鑰西北收專城。洪波浩渁百萬頃，坐令魚鮪無淰驚。設官豈徒重筦笇，畿輔要借桓驄行。我聞利藪俗争騖，豪猾勢得操重輕。大賢當道積弊去，不貴鷙猛惟廉平。燕雲趙魏達齊魯，管内九月催王程。蘆花雪輕點别酒，柹葉霜染飄前旌。此時送君乘傳出，四境藹若春風生。鹽梅往往調鼎鼐，竚待妙手歸和羹。野人留眼望天際，法曜正傍台垣明。

王孟穀重至都門

我亦騎驢客，粗知行路難。六年三見汝，辛苦渡桑乾。

敬業堂詩集卷十一

竿木集起己巳十月，盡庚午二月。

飲酒得罪，古亦有之。好事生風，旁加指斥，其擊而去之者，意雖不在蘇子美，而子美亦不免焉。禪家有云：「竿木隨身，逢場作戲。」聊用自解云爾，非以解客嘲也。

送趙秋谷宫坊罷官歸益都四首時秋谷與余同被吏議。

其一

竿木逢場一笑成，酒徒作計太憨生。荆高市上重相見，摇手休呼舊姓名。

其二

劉魯封章指摘生，滄浪大可濯塵纓。肯言預會皆名士，誰似君家老叔平。

其　三

君别蓬山作謫星，我從霧谷擬潛形。風波人海知多少，聚散何關兩葉萍。

其　四

南北分飛悵各天，輸他先我著歸鞭。欲逃世網無多語，莫遣詩名萬口傳。秋谷贈余詩有「與君南北馬牛風，一笑同逃世網中」之句。

初冬拜朱大司空墓感賦

城南舊是陪遊地，一片蒼凉野哭中。宿草墓門黄葉雨，亂鴉祠宇白楊風。餘生削跡誰知己，往事傷心我負公。肯信九原還有路，人間何處不途窮。

竹垞招遊白雲觀同錢鷗舫王令貽魏水村嚴寶仍吴震一分韻二首

其　一

沙晴冬候暖，古觀晚蒼凉。一徑踏殘葉，半庭餘夕陽。泥封丹竈合，石護醮壇方。華表依稀似，蓬萊是故鄉。得方字。

其　二

燕丘吾舊到，逐伴記新春。羽帳千年蜕，虚堂四壁塵。名山遊已晚，遺跡訪初真。欲補儒仙傳，欣逢好事人。得春字。

重宿傳經書屋與愷功話舊次唐實君留别四首韵

其　一

再來欣接席，昨去惜分襟。兩度平安字，三年聚散心。夢中追舊事，愁裏廢孤吟。豈意麻茶眼，重窺翰墨林。

其　二

絶域身曾到，名駒小最能。膽教更事壯，詩喜逐年增。畏客門長閉，看山閣偶登。故知關性分，愛近讀書燈。

其　三

款款留吾住，依依見汝情。硯冰融墨淡，爐火撥灰明。淺夜談難足，流年感易成。鷄頭池上月，白髮照初生。

其　四

易作匆匆别，華堂費夢思。暗鐘隨杵斷，殘燭得花遲。穎待囊錐脱，斑從管豹窺。出藍真屬望，慙媿我稱師。

恒齋邀嘗桑落酒同竹垞賦二首

其　一

哆口長缾壓手杯，隔簾鏘器爲親開。不愁更欠尋常債，每過朱家醉始回。

其　二

石湖詩句也風流，橘露松舫品最優。五斗蒲桃真濁味，肯將石室换《凉州》。

同竹垞水村步入一莖菴登妙光閣

偶然聯客袂，隨意叩禪關。門徑忽新改，居僧出未還。一尖城上塔，幾點樹頭山。此處宜看雪，危梯約再攀。

善果寺

高林鳴枯風，院浄如潑水。時有杖藜僧，下堦拾槐子。

歸義寺中有遼初石幢。

地作鄰人業，苔侵破廟墺。兩三碑背字，猶記會同年。

冬菊聯句二十韻

猶剩籬邊朵，幽香伴小齋。魏坤。衹緣開較晚，真與俗難諧。慎行。憶植當松逕，分苗傍秫稭。坤。一行頭並摘，幾稜手親排。慎行。未治鼉兼黽，先防虎似豺。坤。栽培從老圃，束縛向斜街。慎行。擔喜連泥買，僮嗔冒雨差。坤。素心邀我賞，倦眼爲君揩。慎行。白酒重陽過，清吟十月偕。坤。瘦窗團竹几，凉路別椶鞋。慎行。獵獵風捎幔，紛紛月浸堦。坤。稍應愁雪妬，幸不被塵埋。慎行。采可芻新釀，簪宜綴冷釵。坤。葉經霜後斂，花比節前佳。慎行。小塔燈雙影，低屏水一涯。坤。落隨騷客賦，淡入雅人懷。慎行。寒色方凝幹，新芽已發荄。坤。過時拋瓦缶，留種記牙牌。慎行。按譜名空羨，餐英願尚乖。坤。明年須放早，吾欲返荆柴。慎行。

吕灌園屬題小影二首

其　一

不知何處響潨潨，峭削藤蘿側面峯。唤起清風答清嘯，濤聲飛上最高松。

其　二

曾向山陰作寓公，一筇歸借白頭翁。踟趺消得幾多地，何必千岩萬壑中。

冬夜朱介垣給諫宅觀倒刺和竹垞兄絶句四首

其　一

樺燭枝枝細吐烟，曲屏影裏夜如年。索郎美酒耆婆舞，醉倒蘇家藥玉船。時介垣新得此杯。

其　二

雙燕身輕拂地迴，歌頭舞遍一回回。問渠從小誰傳得，似按《西凉》坐部來。

其　三

鐵撥檀槽急作聲，《六幺》輥上一牀箏。忽驚雷雨簾前起，殘雪開窗月正晴。

其　四

薄薄粧梳楚楚伶，酒邊孤客對飄零。紅筵大有開元曲，别様傷心已怕聽。

大司馬合肥李公見示遊盤山十律兼屬繼和敬題二章於後

其　一

泉石曾關十載心，勝遊往往礙朝簪。也知去郭無多遠，所喜探幽不在深。紫蓋自開蒼蘚路，紅紗長護碧山吟。滿空何限松篁韻，盡入鸞歌鳳舞音。

其　二

不教騶唱駭山僧，竹杖籃輿取次登。老樹傲霜還帶葉，細泉迎暖未成冰。盤來磴道雲千叠，遠處峯巒雪幾層。已失從遊吾自悔，得披高咏興偏增。

陸端轂索贈

五色邵平瓜，一口韓康價。古來高世士，亦在長安下。軟塵堆裏記相逢，歸夢時時寄短篷。筆床茶竈何年具，準擬尋君笠澤東。

讀張趾肇徐安序冬日感懷唱和詩次原韻二首

其　一

窗隙飛塵日易斜，忽披新句感尤加。路難不爲《登樓賦》，才盡非關入夢花。倚竹何心矜翠袖，聽歌有泪滴紅牙。斷蓬生事無聊極，不獨君悲我亦嗟。

其　二

小榻吟成膝自摇，一燈照影共淪飄。雪侵短鬢雙雙换，寒入深杯九九消。得氣盆梅偏早綻，向陽籬菊未全凋。相期並了殘年課，添箇詩筒遣寂寥。

奉送玉峯尚書徐公南歸五十韻

大儒出處途，秉道貴得正。行藏既自斷，進退詎關命。我公如星雲，一出朝野慶。皋夔奮事功，燕許嫺詔令。放之彌六合，鴻業豈易竟。立朝二十年，風節嚴且勁。高文藉討論，大禮資援証。以兹契聖情，題扁字輝映。交孚由一德，心愛非貌敬。國家有元氣，培養在交儆。儲材本報國，夾袋記名姓。必若入收羅，先須覈言行。春秋兩校士，冰鑒中外瑩。大匠洪陶鈞，劒光出磨鋥。别裁務去僞，崇雅自删《鄭》。豈不歎才難，得人際斯盛。煌煌起衰手，草野議敢横。中流砥狂瀾，公論翕然定。官雖謝執法，講每直崇政。休沐有常期，歲時奉朝請。從容大臣體，恬退君子性。朝來忽拜疏，辭切回天聽。帝曰卿往哉，疇爲執文柄。答云臣力憊，感激泪交迸。告歸遄俶裝，首路春維孟。詔以書局隨，還家就參訂。牛腰一百車，多與二酉競。方輿廣樂史，續鑑改陳桱。高館闢翹材，名流撤徵聘。謂姜西溟、黄俞邰諸君。遇榮一時絶，典曠千古夐。樂天名位似，司馬聲華倂。鄴侯未足論，矧可擬張邴。平生釣游處，父老喜相迎。太湖洵幽絶，天水俱緑浄。七十二烟鬟，一一落明鏡。公將開書局於洞庭山。八窗陳鼎彝，四壁開畫幀。清音絲間竹，逸響鐘答磬。鶯花晨赴社，魚稻晚報禜。暑衫便苧葛，臘釀雜賢聖。著書閒有餘，即事樂難罄。小子學無成，風塵困趔趄。影慙舞袖短，顔讓時粧靚。饑朔行自嘲，寒郊語尤硬。迂踈頗知量，鬬捷肯争徑。振翅無雲霄，觸藩有機穽。蹉跎曩悔失，鹵莽行恐更。世自傾波濤，吾方溷泥濘。重來仰翦拂，鬱抱實怲怲。公在士氣伸，公歸士氣病。從公願于邁，百感發孤詠。時相約同出都。

送許朔方之雲中

昔我未識子，先與錢生木菴友。亟言平生驩，三許不去口。暘谷詩絶倫，南交畫無偶。朔方年最少，藴蓄靡不有。次第獲論交，前言果匪苟。燕臺昨于役，小許實先後。甲子夏與玉友、朔方同入都。茫茫人海中，相左十八九。移時一把臂，款曲心互剖。吁嗟輕薄兒，覆雨數某某。勤拳托末契，所得良已厚。方知情親疏，不係交蹔久。風塵有岐路，南北莽分手。錢生走從軍，余去扶病叟。重來會合地，驚顧各衰醜。慷慨倚和歌，淋漓藉杯酒。子仍青兩鬢，末座獨昂首。也復可憐生，雙顴削而黝。須臾雙耳熱，擊筑問鼓缶。疾風掃河梁，挽斷塞門柳。前歡今偶續，知有後期否？故人諸曹郎，出作雲中守。子行赴賛畫，側翅義奚取。行踪等飛蓬，離緒如剪韭。長亭七十五，山勢西北走。并州非故鄉，却立望南斗。

題許霜岩畫扇

風前撩亂萬梢柳，柳外天斜一扇篷。箇是儂家舊詩景，江湖回首畫圖中。

鳴鶴亭詩爲關中張鳳舉賦四首

其一

不織筠籠但築亭，紅欄日日看梳翎。人間只有張公子，合向天河伴翼星。

其二

隔窗長聽讀書聲，識字多來品倍清。金城衛氏鶴，日飼以粥，教之三年，能識字。應笑六郎才思劣，羽衣刻木坐吹笙。

其三

飲啄依人不自持，都緣骨瘦便稱奇。雲霄儘有孤飛處，偏愛亭亭獨立時。

其四

丈八坡陀尺五天，侯門如故客如仙。憐他一片氋氃影，曾上羊公舊舞筵。鳳舉爲靖逆侯少子。

題沈客子寒郊調馬圖二首以下庚午春初作。

其一

潑墨揮毫事事能，帶腰吟瘦沈吴興。如何却向漁陽道，氈帽茸裘學按鷹。

其　二

小益戎裝悔浪遊，不成投筆取封侯。殘年射虎非吾分，白石山南去飯牛。

西城别墅十三咏新城王清遠屬賦

石帆亭

雲氣朝出岩，亭陰滃然接。劃分一片影，側展屏風疊。浦口有漁榔，落帆如斷葉。

竹　徑

戢戢犀角雛，斑斑鹿皮籜。春來頻改路，客過行長錯。欲斬又躊躕，萬竿殊不惡。

雙松書塢

秦封五大夫，兩生獨不肯。托根此得地，雙榦鬭清迥。老鸛暮歸巢，殘陽在高頂。

大椿軒

虎目逃斧斤，輪囷誰惜汝。薰蕕自然别，靈蠢性所予。材與不材間，樗兮知自處。

三　峯

九子得其三，五老失其二。一峯復一峯，峰峯不相似。雖非木假山，可少老蘇記？

小善卷洞

蝴蝶滿南園，風輕草初剪。林霏入烟霧，古洞春猶淺。好去向龍岩，築菴名碧蘚。

緑蘿書屋

迴溪轉灣澴，滴翠如滴乳。岸容兼水色，遮斷橋西浦。一卷落床頭，春深夜來雨。

半偈閣

不離文字禪，半偈亦已多。何異百千萬，烝沙散恒河〔一〕。蓮華清漏底，晏坐夫云何。

〔一〕「烝」，《原稿》作「蒸」。

嘯　臺

蒼濤翻半空，清響一聲作。頑仙不耐聽，下有側頂鶴。夜深忽飛去，歘歘衆星落。

石　丈

鵲山出林郭，高處割一拳。坐令諸兒孫，羅列丈人前。對之能下拜，米顛豈非仙。

春草池

草外瑟瑟波，波平兩三頃。紅鱗尺半魚，倒嚼桃花影。西堂夢初覺，佳句時一警。

小華子岡

仙犬吠靈根，鴉耡往堪劚。曾隨康樂屐，竟入麻源谷。一笑却歸來，披圖作横幅。

樵唱軒

耕犂起同晨，牧笛行向晚。小庭閒倚杖，正值唱歌返。杳杳漸無聲，去村知近遠。

將出都門感懷述事上澤州冢宰陳公一百韻

當代中天治，千秋一德期。大賢多間出，鴻業並昭垂。夫子金閨彦，名家玉樹枝。傅天飛鸑鷟，拔水出蛟螭。理學源流泝，文章談笑麾。巍科仍早掇，雅望迥標持。館閣迴翔地，風雲獻納資。居高懸藻鑑，集益藉論思。博物時無亞，多聞議必諮。六曹兼掌故，九列讓委蛇。共指文星焕，寧關好爵縻。綱維張有自，津涘挹無涯。溯厥流風遠，恭惟樹德滋。晉陽丁末季，濩澤徧瘡痍。團結因鄉社，招摇視義旗。千村同保障，一姓獨登陴。布置隨方略，分明受撫綏。險憑雙堠設，烟合萬家炊。寇至呼咸集，歸窮戒勿追。宗人全鐵軸，鄰叟穩耕犂。歲事重憂旱，并民又阻飢。九重加軫念，百族尚尫羸。焚券情相卹，嗟來事可嗤。甫田憐士女，世禄散京坻。積貯崇朝盡，陰功里老知。當官嗟覆餗，扣户仰由頣。

及見家餘慶，方知善可爲。潤沾千里遠，力賑一方疲。地近瞻恒嶽〔一〕，川長入晉祠。午園留獨樂，甲第拓前規。好古兼金石，搜奇及鼎彝。異香黎峒結，秘色汝州磁。畫㡧多裝軸，書囊或借瓻。筆馳中壘陣，墨洗右軍池。弟子河汾盛，宫墻魯國推。名争歸夾袋，坐愛傍紗帷。手引烟霞上，情均雨露施。《賢良》承漢策，《雅》《頌》叶周詩。至化行如此，斯文儼在兹。升庸朝有道，羅致野靡遺。竊喜逢時泰，翻成歎數奇。異材胥奮發，蹇足獨顛危。詎敢誇華胄，聊因述鄙私。婺源分末派，海表發南支。大理貤封啓，中丞晝戟移。澤流京兆厚，禍發黨人奇。世廟當中葉，分宜位鼎司。彈章辭激烈，伏闕涕漣洏。嚴譴孤蹤遠，流官絶域羈。左垣言幸中，東市魄終褫。門子承堂構，文孫接履綦。謝宗經鼎盛，裴眷有中衰。五葉傳清白，全家際亂離。兵戈屯井閈，榛棘變堂基。春誤尋巢燕，秋荒插菊籬。先人旋遯跡，壯志局茅茨。比杜經天寶，如陶閲義熙。流光傷易邁，風木感先萎。小子真無似，孤懷忝自惟。塤篪偕伯仲，弓冶學裘箕。蚤被儒冠誤，長遭俗目欺。升沈渾莫定，矩矱恐長隳。蕭瑟囚山計，荒唐揵户貲。不成終泯没，那得避嶔崎。會有從軍役，寧甘伏櫪悲。黔山峯矗矗，楚水浪差差。鉦鼓淵闐發，簫笳斷續吹。征夫攀塞柳，野客咏江蘺。戎事從人問，行間借馬騎。瘴林棲狒獸，箐谷竄狐狸。耳聽鵑啼血，心驚觀築屍。晝紅烽乍舉，月黑路偏欹。短褐星埃入，遐陬露布馳。圖披新聚米，局按着殘棋。横草名空挂，封侯望本癡。飄然辭幕府，逖矣走京師。古有矜懷刺，時方薄處錐。姓名埋失路，出處謝端蓍。徒步親頑僕，低顔向細兒。幾逢收駿骨，深畏妬蛾眉。久抱違時性，兼無媚俗姿。泥深蹄躄蹩，風逆羽襹褷。逐伴聽謌曲，無聊托酒巵。波瀾人海闊，竿木戲場隨。照壁寧防蠍，吹毛竟得疵。任安書未答，朱穆論何疑。夢或驚沙蜮，歸將友澤麋。棄繻知昨失，鑄鐵悔今遲。不謂逢韓愈，猶煩説項斯。感公寬禮數，容我揖堦墀。未有《阿房賦》，徒懷北郭絲。迂疎疑寸管，許與到單詞。峭置千尋壁，弘開八達逵。春陽蒙煦嚥，霽月睹光儀。款款憐才意，依依戀别時。爨薪餘樸樕，鍛竈仗鑪錘。靉靆雲敷土，微茫海測蠡。義高攀莫及，身賤語終卑。此去鞭重把，何年閣再窺。鷗波殊浩蕩，泛泛問何之。

〔一〕「近」，《原稿》作「迥」。

送徐道勇宰順德

萬里驅車路，韓蘇蹟尚留。往時愁謫宦，今日羡吟游。邊海夏無瘴，看山朝有樓。感君懸榻意，謂我是詩流。時相約同行，余迫歸計，不及赴。

酬别許暘谷

男兒有才人見之，如眉在額指在掌。蘭苕翡翠大海鯨，相去中間幾霄壤。天資必從學力到，拱把桐椅視培養。方今儕輩盛稱詩，萬口雷同和浮響。或模漢魏或唐宋，分道揚鑣胡不廣。何曾入室溯流源，未免窺樊借依傍。我持此論嗤者衆，同志吴中乃得兩。惠生元龍格律最謹嚴，錢子玉友才情殊倜儻。不知此外復誰敵，晉楚居然互雄長。得君忽訝鼎足成，一戰三分定擾攘。君才自是詩中虎，盡遣風雲歸俛仰。蜀江到瀨一萬里，岱岳登峰八千丈。有時分派蓄烟波，間亦浮嵐滃林莽。初看澹沲與神會，倏轉玲瓏非意想。書評取瘦嘲杜陵，畫品近肥笑周昉。穠纖斟酌雅粧宜，骨肉停匀神駿賞。愛君此境口莫喻，俗手安能事橅仿。彼非識者勿浪傳，若有知音必弘獎。余雖好吟久成癖，所業未充終惝恍。邇來屬藁輒欲焚，傴仄無端攖世網。徒將字句供指摘，豈有聲華出標榜。此時披豁喜相從，乍挹西山朝氣爽。論卑引我爲同調，烏爪時時發背癢。君辭愈降我愈慙，文繡餙犧毋乃枉。皇天老眼不到地，半世驅馳絆塵鞅。三間草屋百索田，願本非奢力難强。我今忍飢亦决去，麋鹿山林合長往。閉門更讀書十年，尚冀成章附吾黨。故人倘記臨别約，鬬鴨欄邊好相訪。數折溪橋蕩槳迎，歌聲正出蘋花港。

夜飲槐樹斜街花下酬别竹垞水村

丁子香邊欄檻，小桃花底杯槃。厨燈隔院人静，社雨添衣夜寒。殊方賦别最苦，失路還家又難。懊惱鶯啼時節，相思多在春殘。時余將南歸。

酬别譚蘐城都諫

知己無如我少，交情得似君難。獨留一榻相待，長把深杯對乾。宣武門南舊宅，虎坊橋畔扶欄。可惜手栽紅藥，花開又讓人看。虎坊橋東舊寓，去秋曾種芍藥八本，余將歸，君又遷居，故末云然。

題壁集起庚午二月，終六月。

玉峯大司寇徐公予告南歸，奉旨仍領書局。出都時邀姜西溟及余偕行，兩人日有唱和，旗亭堠館，汙壁書墻，率多口占之作，本不足存，存之所以記行跡也。

早出彰儀門魏禹平談震方沈客子追送於十里之外馬上留別二首

其一

已着征衫上别韉，道傍何意復停鞭。人生聚散原難定，又算班荆一度緣。

其二

杏蕊開時柳葉新，眼明差喜出紅塵。京華回首無多戀，萬疊西山幾故人。

長新店重别孫愷似王令詒嚴寶仍劉大山家荆州兄三首〔一〕

〔一〕「仍」，《原稿》作「臣」。

其一

尚書書局出隨身，供帳争看祖道新。轂觫車輕啣尾去，可憐我亦一歸人〔一〕。

〔一〕《原稿》有小注：「時與大司寇徐公同行。」

其　二

壞壁尋詩又一回，殘尊重洗别時杯。不因此去添惆悵，輕跨征鞍自悔來。

其　三

别期長短路連綿，春淺漁陽二月天。却檢曆頭同此日，驚心南北忽三年。前年南還，去年北發，今東裝出都，俱二月二十一日，亦一奇也。

良鄉次西溟韻

乍來灰洞喜無風，馬足殘泥曉漸融。料石岡邊春雨晚，廢田無麥草葱葱。

琉璃河次湯西厓壁間韻

日痕紅曙露初晞，草色迎人欲上衣。頓覺水鄉風景好，一羣野鴨踏波飛。

寒食過涿州和西溟

柳色初濃凹字城〔一〕，胡良河上偪清明。故園三百長亭外，貪得花時一月晴。

〔一〕按,《原稿》有小注:「《名勝志》:『涿州城形如凹字。』」後删去。

清明新城道中

縣南風颭酒帘多,澮澮新烟瑟瑟波。一路人家齊上塚,紙錢飛過白溝河。

白溝旅店見亡友鄭樊圃舊題愴然有感同西溟作〔一〕

一鞭重度瓦橋關,落魄星埃鬢各斑。忽見故人題壁在,轉憐爾我是生還。

〔一〕「圃」,《原稿》作「補」。

過趙北口晨餐得魚戲和西溟

淼淼波光漾碧虚,中央一帶是民居。緑楊影裏罾竿起,彈鋏人歸食有魚。

任丘遇禹司賓尚基歸自閩南以蜜漬荔枝分餉

易栗寧桃已厭嘗,愛聽風味説南方。費他陸賈千金橐,與致紅綃十八娘。

商家林早發

村店荒荒殺漏遲，唤回殘夢眼迷離。曉星一箇明如月，及取朝陽未吐時。

冉家橋

楊椿夾岸草抽芽，一綫枯河萬斛沙。記得去年鞭馬渡，滿渠春漲拍桃花。

景州次西溟韻時畿輔苦旱。

自從騎馬出春明，滿眼流移愴客情。此日畿南行向盡，喜逢田婦餉春耕。

平原口占戲示西溟二首

其一

碌碌因人事竟成，當初原未識先生。處囊脱穎渾閒事，何苦區區自請行。

其二

若將毛遂比夷門，知己何人合感恩。却笑能詩李長吉，信陵不繡繡平原。

夜　雨

倦枕更闌睡不成，白楊葉戰雨來聲。油燈欲滅尚未滅，睒電隔窗時一明。

從十里望抵晏城

春塍雨潤少飛沙，别取林坳一道斜。紅袖倚門桃傍井，又緣迷路得看花。

大清橋

風柔自覺輕衫便，山近微嫌濕翠多。日暮大清橋畔望，一叢春樹擁齊河。

崮　山

古驛東來路一灣，萬枝翠柏護蒼顔。不知斤斧逃何幸，大似吾鄉近海山。

上巳泰安道中和西溟

平山堂畔忽經年，又是荒程上巳天。慙愧漿家供野味，樹頭小串摘榆錢。

欲登岱不果戲柬周通守燕客

潮白三更開島嶼，烟青九點散齊州。輸他監税周簽判，日日肩輿到上頭。

羊流店

峴首沉碑事渺茫，空傳有淚墮襄陽。居人自重羊公里，未必英雄戀故鄉。

新泰城南望蒙山

翠岱孤抽碧玉篸，羣山餘勢失嶄嶄。晴雲忽斷東南角，又露東蒙一兩尖。

發蒙陰至青駞寺

桑邊棗下嶔崎路，亂石堆堆數驛亭。野草不知春意好，燒痕三月未全青。

渡沂水

白沙没髁水平腰，舟子招人上小船。指似翠華南頓路，舊年此處有浮橋。

三月初九日自郯城看桃李至紅花埠二首

其一

枝枝能白復能紅，光景年時約略同。行過曹村貪小住，雙禽對語百花中。

其二

油菜花開十里黄，一村蜂蝶鬧斜陽。明知尚隔江淮岸，風物看看近故鄉。

官柳

種柳河干比《伐檀》，黄流今已報安瀾。可憐一路青青色，直到淮南總屬官。

大雨早發宿遷

洶洶波聲響濁流，疾風吹雨渡潮溝。眼前一事差强意，河北人家麥有秋。

晚晴入桃源界和西溟

鳴鳩聲裏發孤城，行到桃源落照明。一色東風占兩候，曉程催雨暮催晴。

渡　河

沙雨晴來日氣和，漲痕連岸落帆多。春風吹過桃花信，啼鴂一聲人渡河。

淮安上船

厭聽鈴聲愛入舟，只應洗耳向清流。瓣香夜謁淮神廟，夢穩江南第一州。

過喬石林侍讀縱棹園

一天風雨禁荼蘼，紅藥空欄信尚遲。只道淮東春已盡，鴨桃猶剩兩三枝。

喬侍讀席上贈歌者六郎

欲顧曾無一字訛，子絃徐引曼聲歌。青衫憔悴無如我，酒緑燈紅奈爾何？

高郵舟中

蔣牙荻笋碧於天，涸水瀕湖出葑田。鷗鷺較多人較少，斷橋邊有賣魚船。

揚州遇杜蒼略

龍眠方邵村侍御。又繼黄岡歿，謂令兄饑鳳先生。江左風流跡已陳。今日聽君談往事，如逢天寶舊宫人。

王羲文閣復申招同西溟泛舟紅橋二首

其一

誰家園子得春多，繭栗梢頭花信過。一曲紅欄隨棹轉，緑陰濃處忽笙歌。

其二

十里珠簾廿四橋，百年花月履綦銷。多情愛拂遊人面，尚有垂楊萬萬條。

西溟談及竹西舊事戲調之

緑楊書畫記停船，一夢揚州又十年。見説伎樓渾冷落，髩絲誰惜杜樊川？

阻風瓜洲望金山

狂飆高駕海亹開，雪浪千堆倒捲迴。霧氣欲吞吞不得，紺宫浮出小蓬萊。

月下渡揚子江次西溟韵

妙高峰下曉鐘撞，隔岸吴船正發幫。風露一天人擁被，櫓枝摇夢過春江。

虎丘後山人家

築岸開池别有津，小橋低映碧粼粼。河豚上後魚花賤，多少山根種水人。

閶門即事

穠花剛被樓遮却，又見鄰墻出好枝。一種風光誰管領，金閶門外暮春時。

吴　江

鱸鄉亭畔麥垂芒，水落潮田已半黄。曲折支流通小港，家家門外有船坊。

禾中田家

到耳初聞鵠鶔啼，平疇小稜趁高低。茅針已老桑芽嫩，時節人家正篰泥。

過梅里訪朱西畯

也知《陟岵》意仍違，纔得還家换裌衣。爲報而翁吟望久，白頭京國苦思歸。竹垞先生尚留燕。

題家保三兄小影

分無擁髻對伶玄，赤脚歸仍侍玉川。怪得披圖還一笑，破窗爇燭看神仙。

題西畯月波吹笛圖二首

其　一

苔樣蓑衣緑蓋篷，輕篙閒插月明中。水禽兩兩背船去，獨倚蕒洲一笛風。

其　二

一天雲細作魚鱗，千頃頗黎瀉濕銀。解聽《鶴南飛》曲好，不知誰是倚樓人。

柘湖感舊和徐淮江

滿湖輕浪緑差差，别樣風光兩度期。楊柳半帆春載酒，薔薇一硯雨催詩。未知此後花誰主，可惜重來鬢已絲。早是驚心八年事，夢闌燈灺不多時。

齊門夜泊

扁舟蕩漾具區東，使盡西南一日風。到岸帆檣烟羃羃，隔河簾閣雨濛濛。忽來人語蛙聲外，亂颭燈光水氣中。也識去家今較近，酒闌依舊感飄蓬。

吳門喜遇田間先生

髮光如葆氣如虹，崛强人間八十翁。最喜塵埃經歲别，還看筋力舊時同。文章有品傳方遠，風雨藏山業未終。《藏山集》，先生未刻詩文也。指與一星人盡識，少微今日客吳中。

崑山劉改之先生墓和顧伊人

哀壑無人叫杜鵑，馬鞍山麓古墳邊。東齋路没荒榛雨，東齋，先生祠堂也，今廢。北郭人犂斷碣烟。湖海尚疑豪氣在，姓名翻藉布衣傳。冬青種後諸陵廢，南渡君臣更可憐。

題沈石田秋江待渡畫卷

皛皛波明蟹舍，苕苕路轉漁灣。落葉聲中問渡，浮萍影裏看山。

題陸漢標墨菜圖

小圃朝來露未晞，早菘青脆晚菘肥。老饕不要園官送，直擬從君攫畫歸。

武林寓舍少司馬楊公以鮮荔分餉賦謝

絳囊移得洵仙才，珍重瓊漿贈十枚。不向紅塵馳驛到，却從碧海販鮮來。色香尚覺熏肌好，冰雪真隨笑口開。只是野人慙過分，恍疑身自雪峯回。《范石湖集》：「四明海州，自福唐來，順風三數日至，得荔子，色香都未減，大勝戎、涪間所產。曾有詩云：『鄞船荔子如新摘，行脚何須更雪峯。』」

四殤詩

家貧望多男，如農力菑畬。將期秀而實，焉得辭勤劬。吾家兄弟間，盛事傳鄉閭。仲氏艱舉子，前年獲騶虞。季子善生兒，爛熳引衆雛。我兒稍長成，次亦舞勺踰。豈不顧恩誼，未免督責俱。嬌穉尚無知，愛憐併屬渠。阿巢甫七齡，性慧早讀書。近尤喜作字，狼藉塗墨豬。騶虞頭角好，秀眉清兩矑。學語無不能，舌本驚老儒。阿載方斷乳，氣壓羣兒愚。家僮聽指麾，步步趨亦趨。最小名阿午，哇哇聲已殊。今年暮春杪，我歸自燕都。次第使來前，琳琅玉璠璵。排成一行雁，聚若同隊魚。公然嫌姆抱，見伯同爺呼。漸熟意轉親，競前争挽鬚。無何捨之出，我又東遊吴。五月到崑山，梅雨蒸肌膚。去家五十日，頗怪一信無。濕螢照昏花，雙眼交模糊。羣來入我夢，繞膝形蘧蘧。明朝急買舟，冒暍返敝廬。到門天已黑，哭聲滿庭除。驚問哭何爲，痘殤瘞泉壚。一哀吾欲絶，老泪沾襟裾。自惟世業荒，寶此七丈夫。半月奪其四，嗚呼彼奚辜。季子僅留一，芝焚蘭未枯。仲氏一併亡，竟失掌上珠。矧乃客未返，時德尹尚在都下。遠隔天北隅。便擬報杳殤，作書寄江湖。又恐傷汝父，臨緘復躊躇。中腸集百念，沈痛肯暫攄。家門百年來，夭閼代有諸。曾王父早世，我祖實少孤。兩叔及先君，長短歲月徂。短者纔十九，長者五十餘。同祖凡八人，其三已丘墟。早衰我更甚，所歷多崎嶇。浮生知幾年，煎迫非一途。傷哉感存殁，天意終何如。

苦雨聯句

風噫作欠伸，顧圖河。天愁散咳唾。冪冪藹絲微，慎行。捎捎箭鏃大。排櫚挂水簾，圖河。震瓦響雲磨。隙景列缺馳，慎行。潛蹤鬱儀過。衣纓黝黴醭，圖河。扉履濺泥污。蝸嚵引長涎，慎行。黽怒鼓羣和。嘬桉聚蠅饕，圖河。瘁肌飽蚊餓。嘔噦減食單，慎行。撲緣廢書課。帖席惡膠粘，圖河。歷階防趺蹉。遥岑罨如遁，慎行。高浪騰誰簸。方當戒舟杭，圖河。矧迺疲鞍馱。溝甽濘齊腰，慎行。田塍淖没髁。落衣妥兩肩，圖河。烟殼背一箇。栖畝占來牟，慎行。分秧滯秔稏。青葱卓針立，圖河。黄萎垂芒卧。造物有暴殄，慎行。農功豈婾嫷。乾土盡翻沈，圖河。漏天難補破。餘飛遠乍散，慎行。晚色晴微作。暑濕旋復蒸，圖河。壯陰那肯挫。走章牋碧翁，慎行。苦雨毋受賀。圖河。

敬業堂詩集卷十二

橘社集起庚午秋，終十二月。

橘社在洞庭東山之麓，劉氏取以名園，秋冬間假館於此，與書局諸同人唱酬不少。瞎城張漢瞻爲鏤刻于吴中者，非足本也。

將赴洞庭書局雨中與徐淮江别二首〔一〕

〔一〕按，《原稿》題前有「秋榜報罷」四字，後删去。

其一

一領西風季子裘，亂砧聲裏又殘秋。人間尚有君憐我，每過南湖作少留。

其　二

小港平橋宛轉通，船頭一片採菱風。孤燈十載江湖雨，腸斷瀟瀟此夜中。

曉發胥口

半浮半没樹頭樹，乍合乍離山外山。借取日光磨一鏡，吴孃船上看烟鬟。

渡太湖晚至東山

秋水如膏滑上船，峭帆衝破五湖烟。豈知地少雲多處，别有橙黄橘緑天。枕簟欲清他夜夢，杖藜行結好山緣。詩人愛入鷄豚社，「横烟裊處鷄豚社」，范石湖《遊東山詩》中句。只欠躬耕十畝田。

山居詩次大司寇徐公原韻三首

其　一

得從林屋賦閒居，勝駕還朝四望車。萬頃波濤憑檻外，一天風雨落帆初。龍威寂莫重搜字，《笠澤》叢殘舊著書。便與伊川同《擊壤》，何妨問答到樵漁。

其　二

公歸海内重儒宗，不數瑯琊邴曼容。霜晚黄分湖岸稻，烟朝翠掃寺門松。晴來片片雲盤鶴，雨過條條磵飲龍。見説莫鼇峰絶頂，時陪五老握青筇。

其　三

落托生涯最善愁，暫來我亦欲忘憂。淋漓命酒長連夕，次第看花已過秋。四壁書多仍萬卷，五湖人少但扁舟。西山勝概差能説，興到還期爛熳遊。

張漢瞻有喜余至山中之什次原韵奉答

啣尾船開古渡頭，櫓聲導我向中流。似曾有約來同日，不比無聊賦獨遊。坐擁畫屏長對榻，時同寓敞雲樓。行逢精舍必登樓。因君撥觸聯吟興，豈可湖山少唱酬？

同徐敬可吴西齋張漢瞻遊翠峰寺和漢瞻韵

陰雲解駁日光穿，行盡松門始見天。旛影自飄空翠外，樵歌時出斷碑前。經樓晝静孤鐘發，井石痕深萬綆牽。我欲問龍還乞水，與君洗眼對殘編。寺後有龍井，爲雪竇禪師故蹟。

遠翠閣和漢瞻韵

處士留陳迹，閣爲陳眉公所建。軒窗背嶺開。練光鋪几席，烟氣濕亭臺。林僻僧宜少，天晴鶴未迴。共拚吟遺日，無事定重來。

微香閣次敬可韵

蘚徑碧侵遊子屐，楓林紅上羽人衣。一聲清磬落何處，坐看香烟成翠微。

二峯和漢瞻韵

儼與莫釐並，所争惟一拳。未應甘出袴，且喜得隨肩。潮湧東隅日，雲垂北面天。短笻如健僕，扶上最高巔。

登莫釐峰二首和漢瞻

其一

青天七十二芙蓉，個是芙蓉第一峯。吴越有山多作案，東南無水不朝宗。盪空日氣消飛蜃，拔地風聲穩卧龍。曾記岳陽樓畔望，肯教雲夢芥吾胸。

其二

百層風磴盤旋上，大似鞲鷹乍解絛。放眼不知何處盡，置身直覺此峯高。沈沈海浦黄雲岸，點點吴帆白鷺濤。未免傍人嗤好事，重陽已過興仍豪。時重九後四日。

敞雲樓次顧丈景范韵

堵墻高下列丹楓，平視茫茫但碧空。地迥最宜千尺上，景奇獨占一山東。湖光夜閃疑飛電，磴道秋垂似偃虹。多媿元龍豪氣在，每聞清嘯發樓中。

姜西溟繼赴北闈今仍下第作詩招之

散是飛蓬聚是萍，可憐南北總飄零。一名於爾何輕重，雙眼從人自醉醒。沙路離離鵶接翄，霜天矯矯雁開翎。此愁除有詩能豁，亟買歸舠下洞庭。

題劉氏東樓

連山正缺西南角，合有高樓面太湖。不許遊人誇目力，淡雲濃日兩模糊。

出雲篇和西齋

山以東得名，羅列非一嶺。兒孫丈人行，屈首殊未肯。今晨天忽雲，晴色變滄泂〔一〕。蒸蒸氣浮盎，冒冒烟上井。衆峯處囊中，刻露錐出穎。一峯獨埋没，有物踞其頂。陽烏從東升，對射却無影。林寒不受照，萬象淒以冷。大風西北來，作力一何猛。奔逃脱鱗甲，破碎寧復整。正賴湖腹寬，吐吞在俄頃。山人耳目炫，夢囈喚初醒。重看莫釐高，乃若裘挈領。

〔一〕「滄泂」，《原稿》作「晦冥」。

送田間先生歸桐城兼寄高丹植明府

滿篋詩文手自編，秋風攜上皖江船。氣吞湖海豪猶昔，老閲滄桑骨已仙。愁裏豈堪論往事，先生詩集中，有與先君子長干酬答詩。部中容易著高賢。馳書早報樅陽令，薄少時應致俸錢。

菊

隨分沿溪細作行，開時何必定重陽。畦丁自愛無他種，橘柚連山一例黄。

山樓曉起

枕上秋風疑有雨，覺來已是日高時。拓窗簌簌墮黃葉，蒼鼠驚人竄别枝。

晚窗即目

變態多從咫尺看，只争濃淡淺深間。斜陽已落月未上，烟外數峯如遠山。

木芙蓉索漢瞻和

烏桕微丹鴨脚黃，争將病葉領秋光。後時猶作好顔色，笑爾一枝紅拒霜。

自題放鴨圖小影後四首

其一

偶煩妙手寫吴綾，未必扁舟興便乘。一笑披圖還作讖，此來真箇住松陵。

其二

淺水蘆根唼啑聞，背篷沿尾雪紛紛。湖中别有東西鴨，飛向遥天莫亂羣。東鴨、西鴨，太湖中二山名。

其　三

奇絶佳名屬兩山，新詩多著畫圖間。放船不怕人争路，自占儂家第一灣。東洞庭有查灣，西洞庭有查山。見《震澤編》。

其　四

不用低欄照水紅，一竿活計趁樵風。江湖老伴憐渠在，踏浪長隨丱角翁。東坡詩：「我衰寄江湖，老伴雜鳧鴨。」孟郊詩：「何如丱角翁，至死不裹頭。」

食橘二首

其　一

樹樹垂垂顆顆勻，山家生計不愁貧。若教朱實仍包貢，那得分甘到野人。洞庭貢橘，唐、宋時有之，至明始罷。瞿佑宗吉詩有「玉食無緣進上方」之句。

其　二

小園一百二十樹，摧壞年來成橘薪。每到霜前悲手澤，可堪客裏又嘗新。西園橘栽，先人手植也。己巳冬寒，悉皆凍斃。故及之。

漢瞻自洞庭先歸詩以志别即次見贈舊韻

兼旬索句添窮忙，草根唧唧蟲鳴霜。尚慙皮陸作唱和，敢與李杜争光芒。君詩盡納三萬派，山骨嶁嶁波洋洋。登壇欲來執牛耳，取徑故險迴羊腸。林深霧黯蓄幽氣，虹見雨霽開晴光。吟從舌端作倔强，寫向紙面生低昂。稍嫌工遲似司馬，容我笑傲林泉旁。憶初弭棹同卧起，明朝聯臂登高岡。穿松踏石困俛仰，攀躋中道多徊徨。奇峯忽拔二千尺，快劒磨出蓮花鋩。聳身側足狂叫絶，生平奇境得未嘗。三湘七澤舊雖到，却溯洲渚搴孤芳。黄金荒臺感燕士，畫棟高閣悲滕王。十年浪走癡已極，游蹤脱略失故鄉。星埃大笑一回首，攝衣纔謁三高堂。所嗟筋力就疲憊，漸遣興趣成頽唐。眼前又當摇落候，蒹葭露白秋蒼蒼。不知此中有何樂，對爾意氣還飛揚。男兒生涯志未豁，善刀合學庖丁藏。百觚醉汲鄰叟甕，一枕倦寄高僧房。得道在先成佛後，玆理反覆天應償。逢人但拜孟東野，去我獨惜張文昌。扶筇縹緲有夙約，與漢瞻約游西山，未果。肯計盎底無餘糧。風波衝冒總爲此，子今束書我亦將。行當長謠答《黄竹》，不爾妙曲賡《紅桑》。鬱鬱誰能耐離索，空樓夜雨思連床。年來萬事經眼見，窮達竟分姜與湯。「不分窮約姜與湯」，漢瞻舊句也。謂西溟、西厓。舊遊如夢那可説，衹有末路堪評量。名山業豈異人事，慎勿屑屑耽詞章。

夜坐有懷張漢瞻吴西齋二子相繼别去。

山谷天早寒，經檐白日速。夜長耿無寐，愛此一寸燭。展卷乍沈吟，開軒屢躑躅。我唱和者誰，凄其感幽獨。别時秋林下，錦纈黄映緑。幾日不上樓，敗葉忽已秃。悲風颯然起，槭槭響枯木。静覺流光移，暗傷懷抱觸。小僮强解事，鄰釀貰新熟。酒罷還夢君，湖心浪如屋。

重登莫釐峰望吴興諸山

吴會諸峰繞作環，荆溪百瀆瀉成灣。西南遠景新收得，一髮螺青是弁山。

從渡水橋步行至武山小憩吴氏園亭十四韻

過橋纔半里，空闊得平原。野艇笭箵渡，斜陽䆉稏村。晚來魚論斗，《吴志》云：吴俗以斗論魚，二斤半爲一斗。僻處犬依樊。歲稔松醪賤，秋辭社鼓喧。草根驚雉起，《洞庭志》：東山有雉而無兔，西山有兔而無雉。木末見鵶翻。面面帆移岸，家家水到門。泉清能止渴，山淺易尋源。又接攀躋路，重窺種植園。罥衣橙刺密，耀眼橘頭繁。舊葉荷傾沼，新泥菊上盆。苔滋行每滑，石好坐能温。隔竹傳壺箭，隨花倚畫軒。何須問生理，即此是仙源。遠色蒼然合，歸途月有痕。

欲往豐圻看楓葉爲雨阻

山中築居如築城，往往人家背山住。連街接巷比通闤，雖有林巒無曠趣。敞雲樓東鴨脚木，亂葉成堆稍通路。此中合着杜門人，一月出遊凡幾度。我生夙嗜久撥棄，衹有吟情剩如故。頗聞人説豐圻勝，況有丹楓照秋暮。魚蝦市遠風不腥，橘柚園深香作霧。朝來折柬約溪友，預飭晨炊治遊具。住山復作遊山人，此事寧防天亦妬。初看靉靆雲似墨，忽聽淋浪雨如注。客言萬事難逆料，投足無端動關數。豈知勇怯總由人，老嬾逡巡坐自誤。憶當涉世氣鹵莽，浪走風塵飽霜露。衝泥驢背不自惜，到此翻令限跬步。天工作意不肯晴，明日披蓑杖藜去。

大雨同胡朏明閻百詩登湖樓

大聲拔湖洪，飛上巨鯨背。歘空作猛雨，倒射怒百倍。萬木助一喧，掀騰走羣怪。樓孤若摇動，勢已岌岌殆。雲頭排窗來，山影忽在外。目存思欲絶，境變奇乃最。我詩苦難工，傑句應有待。

順風渡湖瞬息抵胥口

匹練掣柁痕，虚弓彍帆勢。不知小榜迅，但見青山逝。孤塔表靈嵓，卓針辨湖澨。須臾忽到岸，矗矗在天際。

虎丘晚泊

山淺橋平水一隈，幾株紅樹寺門開。從看小景如盆盎，新向湖天放眼回。

拔白詩并序

昔蘇子由有白髮近二十年，虔州道人王正彦教令拔去，以真水火養之。從其言，數月而白髮不出，因作詩自言拔白之驗。余今年忽有白髭二莖，攬鏡鑷去，且三月矣，竟不復生。喜事有偶合者，因用其意，作詩一章。然養生家言，僕固不解也。

人生疋庭樹，官骸乃皮膚。樹有花與葉，人有髮與鬚。花葉本蹔榮，鬚髮那不枯。我今過四十，貌作山澤臞。憂患煎心神，奔馳瘁形軀。早衰理則爾，何用長吁嗟〔一〕。雙鬢久星星，見慣習與俱。白髭忽新變，刺眼生躊躕。我欲撚使斷，苦吟徒自愚。我欲媚後生，染之非丈夫。不如竟拔去，誰能忍斯須。初若蠹蝕葉，幾片離根枝。又若耘除稂，良苗漸蘇蘇。爾來九十日，萌蘖喜絶無。養生素乏術，寸田任榛蕪。何當斸黄精，白髮併掃除。

〔一〕「吁嗟」，恐誤，當依《原稿》作「嗟吁」。

朱雪鴻移居詩和梨洲先生

蘧廬天地總羈棲，爪跡何煩苦印泥。招隱莫分山大小，卜居難定瀼東西。一舟最穩裝書重，四壁初安待客題。終勝梁鴻依廡下，年年井臼累山妻。

雪夜發玉峯數日前沈昭嗣吕山瀏顧書宣先往洞庭作詩寄之

落木灣頭雪灑燈，卧聞漁子尚牽罾。寒光潑被夜如月，野水割船冬始冰。風逆不知何日到，山高宜及此時登。湖天霽色詩兼畫，待我舟中酒二升。

從横塘晚至木瀆舟中寒甚

西北風狂野氣昏，船窗擁火取微温。殘陽正墮塔邊寺，薄雪未消湖外村。木盡脱時喧鳥雀，稻成堆處散鷄豚。可憐歲晚不歸客，對景躊躇思故園。

雪後曉渡太湖

黄蘆吹斷黑頭風，寒日初生血樣紅。一片湖山新着色，萬螺浮白碧壺中。

次韻答趙蒙泉閩中見懷之作

得喪年來已貫經，忽披佳句又心驚。計疏更事多成悔，身賤依人自覺輕。壺口欲從敲後缺，劍鐔猶發扣時鳴。來詩有「先生豈以不平鳴」句。短檠墻角差難棄，賴是看書眼尚明。

王令詒自閩歸出示途中見寄二章次韻奉答

其一

船頭船尾榕陰緑，城北城南茘子紅。懊惱此中多賦别，勝遊從古幾人同。右答《南浦見寄》。

其二

自攜驢券出都城，草草裝隨短策横。失路歸添遊子淚，加餐書荷遠人情。愁隨越鳥方南向，懶趁邊鴻又北征。不用苦教詩激楚，漫天風雨正秋聲。右答《晚泊見懷》。

送山瀏自洞庭歸塘西兼寄張介山陸厚容金子由諸子

無多唱和留君集，來往真如相避然。一葉驚回三載夢，兩萍漂散五湖天。新書著罷從人笑，善病同時得婦憐。山瀏聞嫂夫人抱痾，已亦致疾。好向橋西呼酒伴，放狂作達過殘年。

雲石菴和書宣韻

一徑入雙塢，菴在大塢、小塢兩山間。遥從澗道求。泉枯行汲遠，竹密得窗幽。日氣通停午，濤聲捲上頭。踞高真得勢，矮屋也如樓。

白龍泉和沈昭嗣韻

半嶺通湖眼，閒僧護井湄。自能清徹底，何用砌成池。鳥道尋難到，龍湫怒或移。不知風雨候，可有氣如絲。

來鶴樓和韵樓址爲某姓葬地。

舊日松楸廢，何年笙鶴來。樵人憐葬域，山鬼避香臺。峰勢重重合，湖光灧灧開。步虚人罕到，猜是小蓬萊。

題書宣小影

十萬青鸞尾摇竹，映得詩人鬢毛緑。此中可少三間屋，竹西三月桃花紅。前村後村烟濛濛，此中可少一扇篷。遠勢兼收隔江塔，指圌山也。與君作詩論畫法，借君門前來放鴨。

書宣以藥酒一甖見餉賦謝

北風夜半收鳴鼉，冷光浸日湖不波。對門老樹盡僵立，枝顛斗大鵲作窠。山人畏寒卧復起，排籤十指無人呵。雲間陳翁山農。好事者，乞與方法招詩魔。酒材難致藥料貴，正苦羞澀囊無他。感君餉我分一器，何異良劑投沈痾。甕城新開香繞鼻，瀉以碧椀承紅螺。甘分沆瀣光琥珀，村醲不數黄如鵝。卯時小酌午未醒，挾纖纊乍回陽和。蓬蓬入腦聲自覺，粥粥浮面顔微酡。枯腸一洗枒蘖出，老眼亂瞥昏花過。肩高尚吟《薄薄酒》，耳熱漫作烏烏歌。井湄效箴笑揚子，春色可賦煩東坡。犀首達生坐無事，袁絲遣日知亡何。有生得此亦過分，况敢嗜好窮搜羅。偶將一醉累良友，亟饋莫必惠已多。預愁缾罄唇吻燥，挹漿那得翻天河。

書宣次韻見答復倒用前韻作一章邀余繼和時書宣將歸揚州兼以贈别

君才如漢江淮河，駕天輸浪豈患多。坐批百家目炯炯，行貯四庫胸羅羅。詞源獨騁曹植富，餘地不量繼者何。金丸脱手最輕捷，快馬直下胭脂坡。朝來赫蹏急傳示，白雪竟壓巴人歌。我時解鞍息蹇足，卧看縱轡奔騰過。吟情欲探酒力發，小户一盞熏顔酡。平生有作每倔强，音調太急絃難和。醉來反嫌天地窄，局促未免愁籠鵝。團團陳跡走循磨，眩眩纈眼光旋螺。爾來檢點稍知悔，思以勺水澆前痾。可憐故態時復作，形雖近放心靡他。人生有情會有癖，湛詩麯蘗俱成魔。何如牢守昔賢戒，不吟不醉從嘲呵。逝將嗇養全晚計，野蠶簇繭蜂藏窠。子今勇决乃過我，氣盛不怕江翻波。臨行舉杯懺口業，拔劍倘斫生蛟鼉。

以藥酒分餉唐實君吴西齋再疊倒韻索和

鴟夷皤腹鼠飲河，就中滿貯得幾多。玻璃萬頃吸不盡，霜風吹淺如碧羅。詩人氣麤言語大，鐫琢造化將誰何。婁東二生我同調，得第厭上金鑾坡。竭來忘分更莫逆，銅斗許和寒郊歌。湖心淺山住隔巷，衝凍踏月頻經過。所慙才分非爾敵，赬面未飲長先酡。愁腸酒肺互撑拄，正賴藥味相調和。長瓶分餉良有以，願賓似挾山陰鵝。鸕鷀聊足注半杓，鸚鵡恰好浮雙螺。便從唐侯促佳句，實君許題《放鴨圖》詩，尚未至。更祝吴子蠲微痾。時西齋屬微疾。號呶當筵誰是主，剥啄扣户人非他。林魈木客盡逃避，氣豪横欲驅羣魔。此間差無俗物擾，尚有亭長能相呵。懷哉歲暮盍歸去，坐看日夕鷄棲窠。小槽溜溜聽壓蔗，饞涎亂湧珠跳波。床頭一壺堪醉倒，不知門外傳更鼉。

題鄒毅仁書劒圖

學書差足記姓名，學劒無過一人敵。英雄竟以成敗論，一語千年供指摘。我持此論君勿疑，潦倒粗言身所歷。方當出遊氣盛壯，逸足誰堪受羈靮。有文曾詡《弔戰場》，有力能誇控鳴鏑。蹉跎祖逖難着鞭，爛熳陳琳徒草檄。收身十載赴場屋，往往雄風避雌霓。眼看騏驥盡先登，駑鈍悲嘶仍皂櫪。天涯行旅慣黑瘦，世上男兒多白皙。讀書擊劒兩無成，鄧禹笑人終寂寂。子才去我固十倍，射扎穿楊準懸的。胡爲垂翅亦襹褷，予美誰㑊卬有鷊。三年奏牘困方朔，五十吟詩笑高適。馬應换妾刀贈人，龜手如何學絣澼。薄田可耕池可釣，良耜罗罗竿籊籊。還君此畫一展然，寒盡知年不須曆。

梁溪馬碧滄索題桐山草堂

吟徧峰頭又水涯，九龍歸夢隔烟霞。期君早種十年樹，待我來看三月華。藥録欲傳須手著，琴材若中有人誇。不然斗大成何用，萬里丹山客是家。諺云：梧桐大如斗，主人出外走。

題鄒舜五采蓴圖卷子次陳眉公舊韵

敂舷聲動吴歌起，沙户生涯雜魚米。此中有蓴誰識之，埋没蒼烟白蘋裏。湖波太淡無鹽豉，葉自青青莖自紫。脆如雪藕滑春冰，異産寧教饜紈綺。紅鱸四腮差可配，二老朝來動食指。弄潮踏浪去何憂，占斷湖心一片秋。百年好事留詩畫，從此流傳到武丘。人間網利多堪慮，蒓擔年年入城去。未應澤畔少清流，却與貪夫供匕箸。太湖中産蓴，前此未之聞也。天啓壬戌秋，武山鄒舜五與陳眉公始採而食之。眉公因繪圖以紀其事。

發東山至石湖舟中大雪與蒙泉雪園分韻

忍别東山去，依依尚有緣。雲沈上方塔，雪重石湖船。密坐可無酒？敝裘終勝緜。范村留故宅，欲訪向誰邊。宋范致能居此，地名范村。

雪夜泊胥門與蒙泉抵足卧

野泊五湖東，迷漫雪滿空。水明千雉白，人静一燈紅。亂欜鷄聲外，輕寒酒力中。殘年歸夢闊，惆悵兩心同。

雪後至閶門换船

北風吹樓臺，白日雪打面。閶門十萬户，咫尺不可辨。歸舟一葉輕，欲與嚴寒戰。所欣吴中稔，酒價冬來賤。我裘雖云敝，一醉煖堪戀。尚有無褐人，忍饑冒霜霰。

吴門橋阻凍

白日淡無色，北風吹作陰。浪增冰力厚，橋插凍痕深。已近故鄉路，偏傷獨客心。是日蒙泉歸嘐城。鄰船如比屋，兒女盡吴音。

入胥門訪薛孝穆不值留詩示之兼簡許暘谷錢玉友

風止澤腹堅，篙輕不可鑿。短篷壓頭卧，竟作三日惡。賈客聚連檣，荒灣比村落。人羣自歡笑，而我無處著。遂訪薛逢居，衝風入南郭。初來殊奮迅，欲去轉寂莫。窮途所向昧，妄冀朋友樂。錢許初北歸，合并有成約。十日前玉友、暘谷自燕中返虞山，期於吴門相晤，亦爲冰雪所阻。參辰在咫尺，矧乃道里各。天寒歲偪臘，何以慰離索。興盡返孤舟，獨吟還獨酌。

打冰詞

寒光射川如浴鐵，千艘萬艘陷頑石。鑿山通道古有之，河伯憑堅蟻難穴。官船自倚人力强，冰椎亂擊船兩傍。船頭乍開船尾結，去岸却泊河中央。篙師笑謂官勿爾，世路升沈總如此。若將人力與天争，倒捲天河應瀉水。

阻冰七日始得發舟

筮《易》玩其占，七日當解凍。朝來覘風色，東面柳初弄。天行既來復，人力漸可用。南船鑿冰來，銀浦作流汞。小僮報奇事，水活鱗甲動〔一〕。老夫亦欣然〔二〕，私喜言幸中。披衣促解纜，一笑破愁夢。梢梢御尾行，線路争一縫。虎齒截兩涯，倚棹誰敢縱〔三〕。遲遲計尺寸，去去逐儕衆。到家庶有期，春麥尚及種。茆檐曝初旭，宿火煨老葑。旅食饕風霜，何如抱飯甕。作詩當箴銘，悔往聊自諷。

〔一〕「水」，《原稿》作「冰」。

〔二〕「老」，《原稿》作「病」。

〔三〕按，此句後《原稿》尚有「流澌利如刃，割木不應痛。鳧鷗近人飛，欲下難覓空。稍前似相導，却後還相送」六句，後删去。

夜泊平望驛橋下

捩柁開吴江，收帆宿平望。環橋横吾前，天勢墮空曠。或言虹下飲，比擬猶未當。分明半輪月，初吐碧波上。風定川不波，上下巧相況。小舟入圓鏡，光景互摩盪。夜寒人語稀，獨此發孤唱。

敬業堂詩集卷十三

勸酬集盡辛未一年。

己未以後，衣食奔走，與德尹出入如相避。庚午偪臘，歸自具區，德尹適從洛中旋里，除夕酌酒相勞，蓋十二年無此樂矣。爰相約爲杜門計，盡辛未一年，凡得詩如干首。

元夕同顧伊人張昆詒集徐敬思宅分得燈字

自到君家飲量增，也教小户罄三升。笙歌院隔新翻曲，書畫屏開巧樣燈。知有清光終讓月，可無佳句冷如冰。誇張節物誠多事，誰似詩人范致能。范石湖有《上元紀吴下節物三十二韵》。

崑山一名玉峰周圍二里許似累石而成者唐張祐孟郊有詩與蓋嶼所畫山圖同留慧聚寺中向有石刻宋皇祐中王半山以舒州倅至縣相水利登山閲二公詩次韻和之時稱四絶淳熙中寺燬於火自唐以來名流題咏及楊惠之所塑毗沙門天王像或云張愛兒所作。李後主所書榜額一掃無餘今準提閣壁間石刻三公詩乃後人補刻非故物也正月十六日同張昆詒盧素公登山感懷往蹟爲詳考本末并系以詩

吴中園圃愛假山，家家畫藁橅荆關。此山本真翻似假，怪石叠起孤城間。奇峯尤在西南頰，縹緲玲瓏還戍削。遊人仰視一綫天，信有孤雲生兩角。幾輩留題盛昔賢，曾聞摹勒載名篇。崑岡烈火精藍盡，何物能爲金石堅。人間假合夫何有，差是令名堪不朽。我詩寫意直取真，嗤點還須防衆口。

德尹四十初度二首同潤木作

其一

四十平頭齒未頽，誰教辛苦逐風埃。祝君此日無多語，正要飛騰暮景來。少陵詩：「四十明朝過，飛騰暮景斜。」

其二

蒲柳桑榆各老成，一杯相屬話生平。十年多少回頭事，我是蘇家白髮兄。用東坡《壽子由》詩中語。

題又微姪投壺圖小照

五經一笥笑老韶，長養侍兒如許嬌。卷衣風裏聽傳箭，近前争賭蓮花驍。

初夏園居十二絶句

其一

人言瘦地差宜竹，鄰舍曾分一本栽。尺八梢溝攔不斷，狂鞭攙過菜畦來。

其　二

牡丹不稱種村莊，開到春殘盡野芳。栫棘補籬成片段，丁香香過木香香。

其　三

亭臺廢後變溝塍，欲置茅齋力未能。大抵爲園多借景，别家高樹挂朱藤。

其　四

方池一畝萍初合，四月中旬未有蛙。簇簇銀針齊上水，緑楊影動散魚花。

其　五

莎軟鋪茵纔没膝，樹圓擁繖正遮頭。如花流過碧池去，忽聽一聲黄栗留〔一〕。《詩》疏：「黄鳥，黄鸝留也，或謂之黄栗留。」

〔一〕「碧池」，《原稿》作「緑陰」。又，「忽聽」，《原稿》原作「一一」，後改「忽聽」。《原稿》詩後無小注。

其　六

長年因病醫方熟，小草隨時藥料增。趁取連朝好風日，帶花收曬鷺絲藤。

其　七

閏年留竹苦防蠹，辰日種瓜須早澆。愛花更作晚秋計，老瓦盆邊分菊苗。

其　八

鸎粟着子米囊小，蠶豆褪花皂莢成。莫欺老圃不工畫，小碎詩篇如寫生。

其　九

去秋梧子收不盡，旋向根邊兩葉生。保得主人長閉户，四三年便看陰成。

其　十

自蟠老榦自抽條，長養仙家枸杞苗。不似苕華難獨立，附他喬木號凌霄。

其十一

鳴聲上下羽交交，雀彀初安樹一梢。啼殺斑鳩生計拙，將雛時節定争巢。

其十二

頭眠已過二眠新，蠶候參差雜四鄰。一月往來渾斷絶，隔籬時見采桑人。

橘薪

生意千頭盡，園租五畝荒。子孫貧敢計，奴婢價誰償。入室鉤衣破，爲薪刺眼傷。更愁秋冷澹，屋角少青黄。

新竹

插槿三年與作樊，又添客土護深根。主人愛竹老成癖，看笋出林如子孫。二月得長孫，名興祖，故及之。

布幔和德尹二首

其一

細竹輕竿稍出檐，空庭得蔭比松杉。賽他畫舫齋中卧，平展江心一面帆。

其二

背日開簾更覺涼，午陰屋角漏微光。呼兒勤掃蜘蛛網，方便花時蝶過墻。

梅雨連旬河流暴漲偶同德尹泛村船入菖蒲港

雨急溝渠漲怒生，再添一尺與橋平。無端驚起江湖夢，聽作船頭放牐聲。

雨後

便從一雨望豐年，大抵人情慰目前。我比老農還計短，只貪今夜夜涼眠。

衰至

中年事事防衰至，不獨侵尋感歲華。誤去黑鬚因鑷白，旋揩昏眼又生花。頹唐老境詩無格，汗漫遊踪累有家。合是歸時歸亦得，趁收麥豆種胡麻。

庭前草花與德尹分韻四首

女蘿

輕刀匀剪翠葱蘢，别圃移來土最鬆。累爾纏緜附枯竹，屋低庭小不栽松。

雞冠

小兒稱長老稱翁，比似花冠約略同。消得閒人閒處看，可憐小草亦争雄。

鳳仙

羣羣紅白隔窗紗，么鳳飛來罥鬌鴉。老眼自看還自笑，種花猶種女兒花。

茉莉

位置瓷盆手自親，暑風香透色如銀。蹔歸我已家如客，還與南花作主人。張叔敏呼爲遠客，范石湖詩：「南花宜夏不禁涼。」

夢中得絶句似小遊仙詩醒而録之

東海東頭拾火珠，抱來徑寸豈論銖。兒童莫逐黄金彈，笑向扶桑打赤烏。

舟曉次德尹韻二首

其一

螢尾孤光合復開，灣頭風急却飛回。菰蒲深處一枝櫓，摇入漁人夢裏來。

其　二

狂蛙鬧雨羣千百，遠火疑星點兩三。忽聽鷄鳴鐘渡水，有人家處有茅菴。

次韻答陸柱瀾見訪

旅塵狂走十年餘，每到還家歎瑟居。髮變一頭俄向老，草荒三徑只如初。傷心短篴經時泪，外舅射山先生已下世。覆手貧交屈指疎。多謝新詩猶念舊，可能懷抱對君抒。

程西村以如圃詩索和次原韻

人境何曾礙結廬，一椽朴茂似園居。耡荒自作《披榛賦》，得法新傳種樹書。老圃閒談真可聽，比鄰初約莫教虚。笑他亭館多何益，無福能消鼠壤蔬。

七夕同德尹潤木作禁用故實

眼中七度如梳月，又帶桐陰入小樓。懊惱一天星似火，閏年今夕未交秋。

茨菰見唐人詩如白香山云渠荒新葉長慈姑朱放云茨菰葉爛别西灣劉夢得云菰葉風開緑剪刀未有及其花者余盆池偶種一窠立秋後忽發細蕊每節叢生花開純白色如玉蝶梅差小頗有清香因作一首以補詩家之缺

舊葉復新葉，碧莖忽抽芽。誰將緑剪刀，剪出白玉花。水邊有秋意，凉蝶來西家。

惠研谿庶常從京邸寄到吴超士見懷詩四章次韻奉酬並簡研谿

其　一

故人隔座呼同舍，花底移樽醉小樓。余初識超士於研谿館舍。散作兩萍漂水面，遠煩尺鯉到沙頭。狂名自悔逃難穩，歸志差堅挽不留。一窖黄塵殘夢外，爲君牽動十年愁。

其　二

飄瓦虚舟豈有因，誰當入爨惜勞薪。潛形那避含沙射，沈璧何來按劒嗔。來詩言及己巳秋飲酒得罪事，故云。桂樹叢荒招隱伴，楊花風墮倦遊人。白衣蒼狗須臾事，醉眼看來分外新。

其　三

黄羊枰上守枯碁，訝許人間獨亢眉。一戒早開元亮酒，半年遲答暢當詩。迴腸徑路梯空險，徹骨冰霜造物慈。贏對村童開口笑，竿頭新作釣漁師。

其　四

卧聽門前剥啄聲，書來猶勸束裝行。貧逢閏歲增薪米，病過新秋減送迎。涼雨半窗初到竹，碧蓴千里正宜羹。也應世味多忘却，除是難忘故舊情。

種菊詩示克建克承兩兒時余將往溢城

其　一

擾擾十三載，孤蹤混泥沙。及歸翻苦閒，何以銷年華。種菊亦偶爾，惜此徑寸芽。春苗不分栽，秋至焉得花？

其　二

惡草既親鋤，清泉亦手灌。却將四體勤，覬博兩目翫。舍之忽將去，笑别東籬伴。根是老人培，花從汝曹看。

夜初涼

人靜覺夜涼，書帷傍清樾。不忍陷秋蟲，吹燈還就月。

湓城之遊未果作詩示德尹兼答朱恒齋太守

貧賤胡可居，無端兩憔悴。侵尋歎末路，鹵莽悔初志。豈無骨肉恩，聚少別苦易。分馳十年外，廬舍任榛刺。殘冬偶同歸，草草如旅次。杜門得半載，村巷傳異事。不知相見驩，中有思親淚。兩櫃猶在堂，牛眠指何地。堪輿及日相，時俗多拘忌。吾寧葬吾親，忍規子孫計。所嗟藉物力，動輒故人累。潯陽賢使君，清俸煩遠致。有生迫孤露，久矣衆所棄。誰能念窮交，尚舉麥舟義。當之恐過分，一感再三媿。佳招況踰期，恒齋來札，約余季夏至湓城。欲往未得遂。我貧荷見諒，應并諒此意。鴻雁滿江湖，詩成特先寄。

題馬漁村行路難小影

狂瀾打頭山壓面，跼蹐乾坤縈一綫。我行畏路知路難，談虎還防君色變。君家門前池水清，對門山與樓簷平。此中徑路坦於掌，作底胸次添峥嶸。畫師寫圖如有託，洗耳聽琴差不惡。可憐冰雪七條絃，千萬勿彈螗捕蟬。

送楊次也入都並簡尊甫太史公三首

其　一

八座重親未白頭，角巾里第最風流。孫枝本是階庭秀，鞶帨看他又出遊。

其　二

石渠天禄近何如，欲讀應無未見書。用《黄香傳》中語。但約南船多載酒，對爇官燭看銀魚。時耑木嫂夫人亦北上，故及之。

其　三

交情到爾凡三世，得路憐余共一心。重向別中留望眼，别愁終淺望終深。

竹溪書屋爲又微聲山兩姪賦三首

其　一

竹柏陰交槐柳陰，疎籬一帶棘除針。自從新改橋邊路，大費花時曲折尋。

其　二

記得當時丱角遊，書聲愛聽出林丘。兩家前輩多凋謝，又對兒孫感白頭。石丈兄與先君子情好最密，每過裕菴，余兄弟未嘗不隨行也。

其　三

夕火晨香共一龕，閒隨清磬出花南。居人盡識藏書處，碧蘚蒼藤白石菴。用李公擇事。

沈稼村太史招飲耿巖草堂

十里秋光雨洗新，稻花香路净無塵。門依曲沼難通櫂，居近東家愛得鄰。却對杯柈寬禮數，每聽談論長精神。回看宦海波濤闊，轉羡收帆到岸人。

壚墟舟中口占同德尹作二首

其　一

水面浮漚的的圓，采菱歌出采蓮船。此歌賴是吴兒唱，若是吴孃更可憐。

其　二

樹低草没一叢叢，曉日横生白蕩風。拍岸水痕高一尺，布帆抄路稻田中。

謬城孫愷似編修欲行善於其鄉竟遭吏議今方罷官就訊吳中相遇感憤成詩

蒼狗如雲極可哀，危機翻自詔恩來。家承忠孝身尤重，禍起衣冠勢易摧。善不可爲寧論惡，人皆欲殺我憐才。乾坤直似蝸廬窄，懷抱除非醉始開。

胥門曉發

月落日未升，大星明一箇。舟人貪早起，客子便晨卧。忽聞水氣腥，知有漁榔過。

長水塘夜泊

高埭接長橋，橋形落蝃蝀。市喧夜微息，犬吠船猶動。可憐一川月，細碎如潑汞。忍負好秋光，推篷兀殘夢。

庭桂初開鄰人有來乞花者

吳閶十日遊，歸櫂及秋仲。入門視庭桂，破蕾暗香動。常時花最早，七夕露華重。苦怪今年遲，曾經上年凍。西風不吾私，吹散香滿衖。頗有好事翁，叩户乞清供。披衣揖使入，手折寧煩送。譬如此根株，本自鄰家種。我生無長物，有者皆可共。配花稱主人，毋乃被嘲弄。

豆棚爲風雨所壞

平生乏鮮肥，肉食非所慕。偶然營口腹，蓄念計必誤。春種瓜豆苗，愛養鄰孩孺。插竹就茆檐，縛繩使之固。初看弱蔓引，漸喜衆葉布。絲瓜夏蚤結，落蔕甘於瓠。藊豆開獨遲，白花待秋露。及兹緑垂莢，採摘在晨暮。夜來風雨狂，傾倒莫支拄。老饕自安分，物理庶可悟。托名得蛾眉，《本草》：「白藊豆，一名蛾眉豆。」吁嗟難免妬。

題高錫純羽士畫像

猛虎入羣牙爪悍，衆蛇齧索懸石斷。平生却笑費長房，學道工夫纔及半。葛陂拄杖辭壺公，隨身霹靂搜蛟龍。道人有道兀不動，心在一輪圓鏡中。後又題云：圓月當空，光生何處。撥開雲霧，請師全露。

八月十五夜與德尹桂庭對酌三首

其　一

半年門逕草芊眠，除草開場爲月圓。月正當頭花照眼，此花原是月中仙〔一〕。

〔一〕按，此首《原稿》原作「舊來門逕已全荒，除草初開看月場。畢竟故園花候準，夾衣風透木樨香」，後改作今詩。

其　二

昨日方愁雨打扉，夜來不料有清輝。可憐萬事盡如此，居者別家行者歸。時潤木獨留邑中。

其　三

看來南北東西月，只與今宵一樣圓。却對團圞感離別，人生能幾十三年〔一〕。

〔一〕按，《原稿》有小注：「自己未以後，與德尹不同此會，十三年矣。」後删去。

東田看稻

雲氣散如濤，秋田罷桔槔。漲痕侵岸闊，稗草比禾高。米卜豐年賤，農憐瘠土勞。預期營一醉，歸去滌新槽。

沈孟澤索題小照二首

其一

桐陰寬罩一方苔，流水聲中洗耳來。若是補圖須補竹，琴材已具少簫材。

其二

神理真傳老畫師，毫端躍躍動須眉。人間別有膏肓病，看取先生袖手時。沈精于醫。

聞村家打稻聲

鵲豆籬邊捫腹行，惰游筋力負歸耕。自慚飽喫豐年飯，閒聽鄰家打稻聲。

九日寄諸弟湖上

如此秋光悵不同，湖天無雨又無風。白蘋未改空洲緑，烏柏長先萬木紅。好事誰還能送酒，浪遊吾轉悔飄蓬。兩峯緣淺登高會，懶到今年似蟄蟲。

重陽後二日雨霽行園

兩尖家門山，登陟昨乃阻。曉晴已過節，興盡力難努。我衰萬事廢，所樂在蔬圃。早菘種旬日，行列紛可數。蟲來蝕其苗，饕餮猛於虎。一寒爲掃除，正賴夜來雨。宿根發餘潤，新葉換翠羽。池西木芙蓉，紅白相媚嫵。下有二寸魚，花影嚼復吐。何來兩鵁鶄，雙翅勇自鼓。公然啣魚去，飽食不避主。可憐病橘林，凍裂上年土。坐視千絹荒，官税私莫補。天心有傾覆，肯諒貧家苦。物理苟不齊，吾寧守終窶。

鞭笥

雨後竹走鞭，跉䠂瘦相引。小僮撥土裂，劚取如拾菌。烹之媚盤餐，下箸吾未忍。寸鞭何足惜，惜者來年笋。

收芋

芋肥莖葉長，芋瘦莖葉短。率以鹵莽報，吾願良易滿。年豐百物登，磊落光堆盌。其魁蹲如鴟，小亦伏縠卵。

立冬

節候攙暮秋，初陰猶未壯。南檐白日影，入室已一丈。門簾布差密，窗紙油逾亮。坐看佛前香，無風烟縷上。頻年遠行役，浮氣逐塵坱。裘茸插兩手，故與嚴威抗。如今矮屋中，尚欲設屏障。寧非老將至，嗜好改前尚。興到聊復吟，都忘往來相。

落葉詩五首和趙漁玉范用賓

其一

静中初有聲，策策起林薄。俄聞響簷瓦，急點疑雨作。開門日滿庭，始悟風隕籜。徐行踏殘葉，仰見巢枝鵲。鵲噪一何喜，鴉鳴一何惡。客緒本無端，誰禁對摇落。

其二

好景忽潛移，丹黄换青緑。丹黄亦隨盡，假以絢吾目。失蔭無密林，蔀家有豐屋。嚴霜挾時令，顛頷非一族。何殊百萬師，委甲填坑谷。

其三

摧壞寧自主，出林竟如狂。初來聚堆阜，倏忽還飛揚。不妨穿我籬，慎莫打我窗。籬穿可徐補，窗破風滿牀。

其　四

春花得人憐，飄蕩尚苦遽。天公肯汝惜，狼籍等敗絮。從來擇庇羣，多在成蹊處。君看西家葉，又過東家去。

其　五

荒居環雜木，最怕冬來風。如駕一芥舟，震撼驚濤中。幸賴杜陵老，前月已耳聾。人生有聞見，榮悴方無窮。

欲遊雲岫不果戲示德尹

吾鄉鷹窠頂，陡起東海邊。飛鳥到山止，東南水浮天。常聞十月交，登臨得奇觀。天文直角氐，日月行同躔。憑高視倒景，長在寅卯間。初生兆一魄，摩盪蛟龍淵。須臾一綫紅，迸出白玉盤。砉然劈作兩，對射光相穿。白者忽潛形，孤輪躍紅丸。是名爲合璧，故事山僧傳。山僧老白頭，歲歲居山巔。目擊凡幾箇，流傳徧人寰。嗟我與吾子，好奇結前緣。足跡半九州，所到窮山川。如何名勝地，近失耳目前。昨聞大阮介菴叔。語，便思陟巑岏。

朝來復逡巡，相對亦可憐。勝遊無近遠，人苦不得閒。既閒或少伴，得伴長無錢。乃知意興豪，必及少壯年。一慵百事廢，豈獨登山然。

題曹希文祓蘭圖

噀水澆花曉尚寒，試憑纖手摘來看。神仙舊是瑶臺伴，再到人間合夢蘭。

後落葉詩三首

其一

衆葉四散飛，獰飆亦蹔停。枯叢剩數點，有如塊粘萍。又如將曙天，尚帶三五星。鳥雀聚疎影，夕陽到空亭。時還墮一片，夢化蘧蘧形。

其二

向榮既欣欣，黄落亦械械。却將傍觀意，爲爾生分别。何如兩相忘，造化本無迹。山僧撥葉至，或嫌門徑窄。吾嬾不出門，門前任堆積。

其三

我吟落葉詩，如與落葉語。年年走關塞，摇蕩愁見汝。馬頭聲蕭蕭，打面風帶雨。吴霜點兩鬢，歸作故林主。故林豈無春，過眼同逆旅。後時感獨立，孰是歲寒侶。

題高江村先生泛槎圖小影次韵

葛陂龍化杖如仙，欲捲銀河瀉作泉。除是先生能鎮定，波濤人海正粘天。

雪中吕山瀏見過

去年別君處，吴中正連陰。雪花大如席，開船太湖心。今年君過我，海天又寒凝。去聲。輕冰觸篙破，清脆聲可聽。一年復一年，能禁幾回老。與君迫暮景，爲別常恨早。我有一斗酒，可以禦北風。酒熟挽不留，問胡太匆匆？君言既相見，興盡我當去。疋如上番來，彼此兩不遇。去冬，山瀏過里中，余留洞庭未返。

曹希文以端硯詩四章索和即叠原韵

其一

溪光如眼緑潭潭，洗髓何辭一再三。碧落數星瞻夜斗，冰綃半尺剪春蠶。柈分琥珀知難並，匣配琉璃定不慙。三十六鱗煩寄取，好磨濃墨寫雲藍。用段柯古詩中事。

其　二

紫雲一角割天南，秀色猶看帶嶺嵐。束峽波濤時一湧，濕毫風雨潤長含。來疑甓社光吞月，去恐延津勢躍鐔。神物自來須善保，有求容易遂虞曇。時有欲得宋齋執法硯者，故及之。

其　三

巖洞烟霞笑未撢，欲隨翡翠竟巢南。筆因興到詩情淡，嗜與年深石性諳。圭璧方圓形總肖，龍蛇蟠攫力誰堪。兩都賓主如相見，淬瑩才鋒出健談。

其　四

雅好雖多不厭貪，眼中似爾亦奇憨。一生自許癡無偶，兩手徒誇硯必三。古人以貪多者爲兩手三硯。希文蓄石最富，故云。俗論掃空和氏癖，瓣香爭識米家菴。《新宮銘》草誰先就，仙掌摩挲與細探。

食　薺

朝來食指無端動，走覓鄰園又一奇。薄雪乍消青冒土，滿籃香薺未花時。

冬夜宿古衡山先奉政公祠下感賦

路滑冰堅賴短筇，到來支枕榻纔容。透窗燭影寒於月，拏雪松枝健比龍。老屋將傾傷世澤，墓田久廢媿春農。十年塵夢憑呼覺，金粟山頭一杵鐘。

除夕示德尹潤木信菴四首

其　一

前夜雷霆了不驚，三日前大雷電。静中擾擾惜羣生。一村野犬多狂走，多事鄰家爆竹聲。

其　二

山妻椎髻子頭蓬，布褐隨宜稱老翁。特與孫雛破年例，抱來膝上换青紅〔一〕。

〔一〕按，《原稿》詩後有小注：「今年得孫，名興祖。」

其　三

從前筆墨粗償債，削藁存來得幾何。剛是今年無可汰，應酬詩少唱酬多。

其　四

村巷無鷄漏板遲，漫漫長夜夜何其。野人預辨朝眠熟，怕作新年日蝕詩。明年元旦日食。

敬業堂詩集卷十四

溢城集起壬申正月，盡七月。

庚午春，朱恒齋由刑部郎出守九江，枉書見招。踰年始往踐約，既爲輯《廬山志》，復遂廬山之游，賢地主之貺我良厚矣。

禾中與德尹别

四海皆兄弟，何人似卯君？也知年向老，不合手頻分。夜夢留殘月，春帆感斷雲。得歸吾早決，負土共成墳。時方計先人塋事。

吴江留别張弘蘧庶常

南風激船如釋箭，片帆曉發平湖縣。百六十里半日程，第四橋邊一相見。開懷各話别中事，蒼狗浮雲凡幾變。三年善病君差强，君但憂貧不憂賤。我今落魄仍江湖，明朝又欲西辭吴。酌君之酒與君别，楊花拂頭鬢雙雪。

夾浦橋阻風

夾浦橋南客棹孤，雨聲連夜洗平蕪。東風吹淺吴江水，半作春潮漲太湖。

山塘晚霽

最好停橈近酒家，放晴天氣日初斜。盆梅謝後蘭芽茁，正月蜂聲未鬧花。

曉渡西氿回望宜興縣郭

櫓聲西入蝦籠嘴，波面微微過氿風。濃日吐烟烟吐樹，浮圖一角是城東〔一〕。蝦籠嘴，西氿港名。

〔二〕「浮圖一角」，浙江省圖書館藏查慎行手稿《壬申紀游》作「樹頭一塔」。

高淳

縣小無城郭，橋長即水門。魚蝦鯉作市，鵝鴨鬧如村。曲曲檣隨岸，叢叢柳抱園。漸知江路近，盈縮視潮痕。

渡蕪湖關

兩槳前頭水勢寬，曉風吹得敝裘寒。漸空杼軸憐民困，老閱波濤信路難。此去罟師聊作伴，從來瀧吏必嘲官。時官舫爲津吏所阻。篋中一卷《彈箏集》，忍對江山制泪看。自此西上皆己未夏秋間與先兄韜荒同遊地也，《彈箏集》，兄紀游篇名。

荻港人家杏花

輕舠細雨江村路，過眼東風見杏花。略似小車逢綺陌，不知紅艷屬誰家。

雨中過銅陵

沙尾沿流曲作堤，青山一半吐城低。洲空亂雁争歸北，路轉千帆盡向西。正剪渡時風乍漲，最含烟處柳初齊。客程已厭連朝雨，不要春鳩更苦啼。

雨後望九華山

横看不與側看同〔一〕，九朵芙蓉並插空。去鳥已銜殘雨没，歸雲忽漏夕陽紅。劈開華掌層層翠，使盡湘帆面面風。終是詩人言語大，攜來直欲置壺中。東坡名「仇池石」爲「壺中九華」。

〔一〕按，此句《壬申紀游》作「一峰不與一峰同」。

荷葉洲對雪在大通對岸。

梅根浦口風尤緊，荷葉洲前雪正濃。兩岸曉雲深似墨，一條春水健如龍。唐羅隱曾卜居九華山下梅根浦，按《圖經》，江水歷李陽河，經梅根口、銅陵縣。今大通有水自九華山麓出江，即此也。

雪晴池陽舟中

曉行池陽路，霽景豁清美。江南江北山，照影同一水。半銜殘雪白，半插斷霞紫。眼前有奇句，只在空濛裏。我嬾吟未成，風吹櫂歌起。

大風至劉婆磯

江豚忽掉頭，微動青玻璃。俄看黑雲起，遥指天南陲。須臾墜我前，横截江兩涯。拔江噴作雨，白日潛光輝。初疑鰲山傾，又若鱷窟移。舉舟向空擲，綆斷誰能縻。長年束手嘆，有力不得施。而我于中流，高枕故咏詩。明知怖無益，聊復忍少時。男兒可憐蟲，造物終見慈。既濟乃思痛，嗒焉中心脾。投文訴江神，略陳危苦辭。水從西南來，風亦西南吹。誰歟激使怒，若是不可磯。自我涉江湖，十三年于兹。南浮及北渡，履險間有之。此胡太酷烈，性命輕嶮巇。仕宦涉江來，揚帆若揚鬐。船尾點畫鼓，船頭插黄旗。大賈涉江來，滿載居贏奇。放溜如放馬，控縱從人馳。我船何所載，載書載鴟夷。壓浪一葉輕，疾行固其宜。如何强弓彎，寸進恒苦遲。神于我乎薄，厚彼寧獨私。咄哉窮旅人，初受俗眼嗤。揶揄到五鬼，漸漸伺路岐。惟神實正直，倚賴相扶持。今朝大戲劇，漂泊將誰依。禱罷似有感，撫枕魂依稀。神來入我夢，責我大有詞。風水涣成文，變化豈汝知。滔天初濫觴，至險出坦迤。汝以耳目料，何異握管窺。汝又好遠遊，遠遊計終癡。萬里走從軍，還家仍布衣。十年就場屋，逐衆趨京師。人皆取巍科，三黜名獨遺。謂宜自揣量，息影甘荆扉。兹來非宦遊，又非競刀錐。皇皇義奚取，放浪形骸爲。汝居頗有園，園中頗有池。好風皺池面，浮花舞漣漪。此豈有驚波，來溷汝息機。汝自捨之出，去安而即危。不聞南山隮，下有季女饑。不見東海畔，中有踏浪兒。兩者聽自取，決擇休然疑。叩頭謝江神，痼疾神所治。大夢唤初覺，行當早旋歸。

題樅陽旅壁

噩夢驚回路已賒，舸艚船上櫓伊鴉。青山繞屋無修竹，山皆頑石，不産竹。紅袖當壚有杏花。野渡漸生沿岸火，春流未没去年沙。緑楊影裏初弦月，人隔烟江正望家。

田間先生聞余至自青山命駕來會喜賦

春風弭櫂向樅陽，舊約多年不敢忘。先生在都下送余南歸詩，有「秋到皖江尋舊好，可能一問白頭來」之句。四海平交無行輩，兩朝軼事在文章。從知老境難爲客，誰與先生特置鄉。一片青山高插漢，巋然真似魯靈光。

花朝晴示僧道楷

初日烘雲碎作霞，討春人競出江涯。老來不喜鬧桃李，别約山僧看菜花。

自樅陽至楊樹灣道中即目

併日春光鬬物華，馬頭胡蝶太夭斜。誰知駭緑紛紅候，還有春風未放花。義津橋外見碧桃一樹，猶未放花。

三角潭

春禽交交鳴緑楊，征夫辨色早束裝。前行十里霧未醒，驢尾秃速驢耳長。朦朧人語遥喚渡，約略村落開微陽。烟光兩岸溪一曲，樹影四匝潭中央。菜畦麥隴桃李徑，高間紅白低青黄。新鵝野鴨好毛羽，拍拍飛出沿方塘。田家之樂樂何限，頓令過客忘他鄉。只愁霧重天欲雨，横策又上黄茅岡。

桐城謁左忠毅公祠祠在縣治東數十步。

歷歷三朝事，他時髪指冠。賢人當横决，國勢必摧殘。俎豆新楹肅，乾坤正氣完。如何鄉後輩，偏有孔都官。謂懷寧也。

過田間先生山居相留信宿出示藏山集再賦二詩博和

其　一

層巒俯瞰萬松梢，中有高人舊結茅。自入鹿門詩一變，竟馴龍性《易》初爻。雲盤遠勢鴉飜陣，花作新泥燕補巢。未免累翁鷄黍約，往還原不拒貧交。

其　二

比似仙源那易尋，避人畢竟要山深。誰教鶴怨猿啼客，來聽鸞歌鳳舞音。語雜談諧皆典故，老傳著述豈初心。好看龍馬精神健，《東武》時爲抱膝吟。

三江口苦雨

那剎磯頭雨殺風，千檣烟氣濕濛濛。楚天低壓平蕪外，何處青山認皖公。

大雪渡馬當

卧看穿雲日色黄，起聞鯨吼北風狂。新詩也得江神助，雪打春帆渡馬當。

順風揚帆時閉目靜聽如空山梵唄殊有會心

破浪風前萬鼓鳴，喧闐原向静中生。無心只作深山聽，一樹松濤起梵聲。

與九江太守朱恒齋

一麾暫出領名邦，九叠屏山九派江。正喜爲郎猶未老，早聞治行已無雙。謳歌滿境鴞音革，軒冕巡城虎氣降。時有虎至郊外，君移文城隍神，一發殪之。依舊官居精典籍，只多鈴卒晝敲梆。

二虎歌并序

壬申正月，有兩虎闌入九江西門外龍開河，傷一人，已而逸去。市人惴惴，恐其復至。朱恒齋太守齋戒爲責躬文，翌日大會屬員於城隍廟即漢將軍灌嬰。及宋大夫祠下，漢九江守宋均。既焚牒告神，則命虞人挾弓矢火器，窮追之，期于必獲。越五日殪其一，至是盡殲焉。黄質黑章，猙獰可怖。聚而觀者數千人，咸謂使君至誠感神，能力除民害也。適余至九江，目覩其事，作歌以俟采風者。

溢城連山猛獸多，兩虎突入龍開河。腥風倀倀日杲杲，白晝市上無人過。使君視民如赤子，威鳳生儀麟有趾。豪强斂戢盗賊清，爾獨何爲至於此。灌將軍廟宋公祠，能捍大患則祀之。撞鐘伐鼓會僚佐，第一先焚責己辭。與神後先俱守土，敢拙慚余不如古。愛其父祖及子孫，忍畀孱人飽虓虎。明朝大獵城南闉，毛風血雨迷荆榛。特開一面縱雉兔，死不當罪傷吾仁。須臾虎自林中出，小者先擒大者逸。雖擒一虎戕一人，其勢公然兩相敵。此時伐罪更有名，合圍再往大掩羣。潮州鱷魚必盡殺，不信請讀昌黎文。虞人眼疾如鷙鳥，餘勇登崖鬭牙爪。咆哮一聲山忽裂，火箭飛空碎其腦。黑章黄質毛斑斑，旗杠壓肩奏凱還。猶防作力斷急縛，血色併出雙睛間。道傍觀者争太息，自古神功扶正直。百年兇暴一朝除，此事知公有陰德。江邊户户皆椎牛，從此山無樵采憂。詩成大笑冠纓絶，我正欲作匡廬遊。

廬山之遊未果吕灌園有詩索和

巀嶭指雲峯，拔地幾千丈。仙靈晦高跡，元氣棲蒼莽。朝來雲抹腰，露頂氣一爽。蓮花本無蔕，蒸出仙人掌。拂鏡眼雙明，抉烟鳥孤往。勿嗟遊未到，遐矚寓心賞。但恐身入山，依然結塵想。

西門之役既連斃二虎矣後五日復獲虎子二呂灌園作後二虎歌再次其韻

虞人入山官吏賀，擣穴成擒無小大。盡將醜類肆市朝，不許兇雛草間卧。去如烈火歸如風，覆巢破卵五日中。獻肩獻豵來接武，貫蝨精神用强弩。擔頭縳作春筍斑，一一奇毛入官府。餘威假托雖有徒，不聞王政寬無辜。賊吾民者殺無赦，别有淵藪容逃逋。弱食頗分强者肉，倚伏機難論禍福。春行秋令公所憐，陰雨隨車洗餘毒。是日大雨。以寬濟猛在酌宜，潁川有鳳方來儀。殺胎豈惟禁獵户，竭澤兼欲防漁師。庶幾百物稱蕃息，童子仁心使君德。我爲此語非養奸，若是兇豪須斂跡。

楊花同恒齋賦

散作輕埃滚作團，不成花片但漫漫。春如短夢初離影，人在東風正倚欄。微雨乍粘還有態，柔條欲戀已無端。祇應老眼憐輕薄，長自摩挲霧裏看。

初聞黄鸝次灌園韻

一聲流過小窗前〔一〕，去國關心又一年。圓入客吟同宛轉，熟聞鄉語倍纏緜。畫樓脉脉通春夢，碧樹茸茸羃曉烟。爲是好音須愛惜，自憐終勝受人憐。

〔一〕「一聲」，《壬申紀游》與《原稿》均作「如花」。

同吕灌園鄒仙來諸君遊甘棠湖登烟水亭次壁間舊韻

長烟濛濛春澹澹，草色波光晴颭灔。廬山翠掃兩角雲，倒瀉杯中青一片。舊開小閣壓紋縠，時見飛帆掣流電。背郭人如燕雀稀，點沙舟與鳧鷖亂。地偏絲管曲嘈雜，市遠塵囂風截斷。可憐俗眼競喧湫，誰肯清遊期汗漫。同時數子興不淺，佳句澄鮮分謝練。莫辭勝境日日往，預恐萍跡紛紛散。何當春酒變成湖，醉過鶯花三月半。東坡《送劉景文》詩云「春酒一變甘棠湖」，自注云：「景文卜居九江，近甘棠湖。」即此地。

琵琶亭次宋郭明復舊韻

春江帶城沙嘴白，弓勢彎環抱新月。我來縱棹半日遊，敗意眼前無一物。吟詩直入老僧家，小技忽癢難搔爬。分明有句和不得，古調豈叶箏琵琶。先生不作誰與語，白日茫茫變風雨。男兒失路雖可憐，何至紅顏相爾汝。與公相去又千年，依舊荒城無管絃。掃空題壁孤亭在，笑指門前浪拍天。

江州雜咏四首

其一

依舊江關俯麗譙，居人指點説天橋。明太祖破江州事。戰迴左蠡軍容壯，鑿斷殘岡霸氣銷。東門外有天子堂，相傳劉誠意惡陳友諒都此得勝地，故鑿之。鎮將南朝偏跋扈，部兵西楚最輕剽。指左良玉、袁繼咸事。自從血洗孤城後，九派空回寂莫潮。

其二

天文容易掃欃槍，鄰郡猶傳戍鼓鳴。戊辰夏，楚盜破武昌、黄州。鴉鶻自朝英布廟，北門外九江王廟，至今血食。魚龍曾擾灌嬰城。紛紛設險寧論地，往往時危獨被兵。按史，自北宋以來凡四屠城。四十三年休養力，不知何福享承平。

其三

峭削峯巒北面當，雲頭一半割南康。高僧舊入遺民社，世業誰留佚老堂。三劫烽烟埋洞壑，百年文物遞滄桑。名山志在真難續，或有奇蹤墮渺茫。時余方輯《廬山志》。

其　四

別開官署射亭傍，一角頹城壓短墻。螺髻浮青虛劒匣，府署正對雙劒峯，宋乾道中，蜀人唐立方闢地作二城，矗樓其上，謂之「劒匣」。見《桯史》。雉堞平緑展毬場。船稀小步初移市，客上高樓必望鄉。樂天詩：「三百年來庾樓上，曾經多少望鄉人。」庾樓直府署北。添得黄蘆侵岸闊，舊遊回首獨神傷。余己未、壬戌兩經此郡。

余作江州雜詩灌園既垂和續爲潯陽行感慨淋漓讀之使我心惻因推本其意再成長律四十韻首言風土次序東晉以後迨明初一一竊據事終於寧南乙酉之禍此州被亂情形始末略備休養生聚其在斯時乎並邀恒齋太守同賦

鼓角悲涼地，山川要害城。一州當孔道，萬里控江程。近楚風猶悍，吞吴氣未平。鳧鷖飛易散，魚鮪竄多驚。户少移恒業，田磽廢力畊。兒童知矢石，婦女識旗旌。不諒流離苦，翻疑性命輕。舊文徵史册，殘局愴棋枰。置郡名長易，秦爲九江郡，漢屬吴國，三國初屬武昌，後置潯陽郡，晉改江州，梁移九江治湓城，唐、宋爲江州，建炎後陞定江軍，元置江州路，明爲九江府。封王面或黥。謂英布。大都當用武，未有不稱兵。建業朝廷小，潯陽肘腋并。中原方轉鬬，南服暫維寧。草草圖王計，寥寥伐叛聲。奸雄雖反覆，使相必忠貞。間倚屏藩重，頻扶鼎鼐傾。晉永昌中，陶侃領江州，平王敦。咸和中，温嶠義兵由潯陽趨建業，斬蘇峻。隆安中，劉毅、何無忌輩敗桓玄于峥嶸洲。梁承聖中，陳霸先以江州刺史定侯景之亂。艱虞經剥運，成敗付閒評。是物關天授，伊誰敢力争？每聞稱僭竊，旋見就擒烹。宋泰始、元徽中，晉安王子勛、桂陽王休範，梁天監中，刺史陳伯之，俱以江州反，未幾就平。南宋建炎中，李成陷江州，爲張峻、岳飛所敗。元至正二十年，陳友諒以江州爲都，國號漢，改元大義，尋戰死。昨者民何罪，今來憤尚盈。以下專指左良玉屠城事。勤王須奉檄，犯闕爾無名。灞上隨兒戲，洄中笑客迎。崇禎甲申，良玉避流賊鋒，欲遁九江。遊擊胡以寧鈎致之。住關廂一年，已而返武昌。至乙酉春，監軍御史黄澍僞藏太子詔，召良玉入攻馬士英。良玉信之，遂於三月二十七日移兵至九江。將軍停鎧仗，辨士絶冠纓。柳敬亭爲良玉幕客，事具《吴梅村集》。勿戢兵猶火，搜牢地盡阬。初，良玉發武昌，挾楚督袁繼咸以往，至是與繼咸標將郝二連營九江城外。四月初四日，遂縱兵焚掠，殺男女二十餘萬。摧殘鋒太酷，屠戮禍交攖。漂血長溝赤，燒空烈焰晴。押綱連萬艦，宋曹翰屠江州，取廬山東林鐵羅漢五百歸潁州，調巨艦，滿載金帛，時號「押綱羅漢」。捲甲拔諸營。作俑歸曹翰，江州屠城自翰始，前此未有也。貪狼甚李成。即宋建炎中反賊。天誅旋幸伏，兵發九江，良玉以氣塞死舟中。殺氣驟難清。落籍銷灰劫，招魂異死生。若非敷大澤，何以起疲氓。牙蘖枝初發，勾尖草乍萌。及時資愛養，太守賴廉明。冷署依雙劒，峰名。頹垣寄一楹。涉園除瓦礫，課僕種蕪菁。耗折空缾粟，支吾折脚鐺。官貧仍逆旅，吏隱亦柴荆。曉雨排衙坐，春田露冕行。設施看次第，氣象卜豐亨。《蟋蟀》還農俗，《琵琶》遣宦情。篇成聊紀實，大雅待君賡。

石鐘山

鄱陽吞天來，噴薄南出口。江流不能敵，抵北乃東走。懸崖峙西灣，水勢掃如帚。孤城艮其背，外捍賴兩肘。靈區聚神奸，石狀雜妍醜。平鋪理橫截，旁罅中劈剖。熊羆饑攫人，奇鬼起援手。蜂窠掛篙眼，鳥卵破罋缶。一一皆下垂，中空無一有。有時應鞺鞳，照影見星斗。忽然風喧豗，聲作蒲牢吼。年深追蠡壞，兼恐石斷紐。惜哉坡公記，石刻泐已久。蘇公《石鐘山記》，舊刻于南鐘石上，明正統己巳石裂，仆於水，今失其處矣。茫茫宇宙間，孰是真不朽。

月夜自湖口泛舟還湓城同恒齋太守賦

空江夜東注，月光似俱流。舉頭看青天，水去月自留。移帆忽西向，月又隨我舟。而月豈有心，適與吾目謀。澄觀得静趣，含景無停休。不辭川路長，獲此清夜遊。遠樹小池口，孤鐘鎖江樓。須臾燈燭光，候騎迎沙頭。誰知太守樂，夢亦同鳧鷗。

春晴曲效温飛卿體

朝陽透簷鵲聲喜，烟外遊絲風綽起。馬拂花鬘驕欲嘶，招招酒旆垂楊裏。蕉衫笥屐稀出城，上樓曉看南山晴。平春遠緑望不到，一幅錦機新織成。江聲剪斷尋芳徑，九派澄光鑄明鏡。柳花散作千點萍，日夜東流知水性。

三月十七夜與恒齋月下論詩

庾公樓外月，飛光上雲崖。此時兩相對，此景良自佳。我挾山野性，尋君到衙齋。不棄貧賤交，酬唱晨夕偕。脱畧分雖忘，終不雜恢諧。所商在文字，虚受非擊排。縱論古與今，瀉胸走江淮。力欲追正始，旁喧厭淫哇。向來風騷流，汎濫無津涯。可傳必有故，長松出樊柴。明明正變途，花葉殊根荄。須求作者意，勿使本分乖。新詩壓時賢，高朗洵少儕。當與古争勝，拾級已得階。人言簿書煩，正坐乏雅懷。君懷皎如月，塵霧其能埋。

魚苗船

幾片紅旗報販鮮，魚苗百斛楚人船。憐他性命如針細，也與官家辦税錢。

曉晴咏恒齋庭下芭蕉

放晴天色愛清朝，閒赴風前翠袖招。忽見主人窗下緑，始知夜雨爲芭蕉。杜牧詩：「主人窗外有芭蕉。」

九江向無鰣魚網户忽獲一尾以饋太守晚餐分噉作三絶句

其一

鯝魚子鱭賤如毛，何物能令市價高。從此溢城添水産，白頭春浪出銀刀。

其二

四月家鄉記飽餐，朝來指動豈無端。似防遠客歌彈鋏，破例相隨過鴨欄。鰣魚不過鴨欄驛，以魚隨潮上，潮到小孤輒回也。

其　三

三百錢償一尾鰥，擊鮮原不累民間。可知太守清如水，豈在懸魚絶往還。

署庭蓄錦鷄且一年朝來忽飛去恒齋有詩屬和

爲爾無端惜剪刀，養成六翮竟如逃。啄餘香稻新抛粒，收得雕籠舊落毛。羣入家鷄終不亂，飛隨野鶴便能高。人間是處多羅畢，文繡深林好自韜。

明日吏人以錦鷄來視之即昨逸去者再作一首

勿論城市異山林，性在終知去意深。誤啓樊籠驚遠舉，特憐毛羽募生擒。舊曾相識緣文彩，待爾重來伴苦吟。從遣周防是誰過，主人初不起猜心。

初夏坐烟水亭望廬山二首

其　一

一奩明鏡插芙蓉，積雨初晴翠靄濃。萬叠好山看未足，又添雲勢作奇峯。

其　二

分明寫入畫圖工，倒影看來上下同。忽失水中山一半，浪紋吹皺日高風。

余方輯廬山志擬入山訪舊蹟頻爲雨阻恒齋有作和之

日日開軒對翠氛，勝遊偏阻鹿麋羣。不愁溢浦長多雨，但恐匡山化作雲。紀事欲真須眼見，異書難便信傳聞。一條榔㮚從僧乞，可要籃輿累使君。

芭蕉恒齋再索和

一葉復一葉，自然成緑陰。後先如有序，舒卷豈無心。漸覺空庭窄，能添曲徑深。野人新得句，題罷亦長吟。

夜夢入廬山桃花滿谷一僧指云此杏林也因誦樂天遊大林寺絶句夢中了了醒而以詩紀之即用白韻〔一〕

指點仙家手自栽，桃花却傍杏林開。眼前一笑真成幻，公是身遊我夢來。

〔一〕按，《壬申紀游》及《原稿》「絶句」下有「云人間四月芳菲盡山寺桃花始盛開長恨春歸無覓處不知轉入此中來」二十九字。

午酒初醒

兀兀醺醺坐日斜，爽神全賴閬林茶。三竿砌竹揺風影，一箭盆蘭得氣花。夢枕易消非實境，丹爐難轉是年華。江城節物關何事，催得遊人獨憶家。

生日書感

落拓差堪比牧之，江湖曾費十年詩。早衰鬢鬢非無故，暗減心情只自知。酒盞每逃狂客座，杖藜將赴老僧期。尚慚習氣除難盡，間與人争劫後棋。

梅雨二十二韻和灌園〔一〕

五月潯陽雨，蛟龍正蟉蟠。地浮三楚闊，雲納九江寬。暴漲揺城郭，餘波溢井榦。鄱湖連浩淼，廬阜失巑岏〔二〕。鳴鶴翻依樹，飛魚不上竿。及時陰已動，退位火疑殘。天氣昏連曉，人情暖易寒。蚊飛偏攪晝，蛙鬧故侵官。舊縷蛛穿網，新泥蝗築壇。竹皮流薄粉，桐乳墜輕丸。蕉翠宜沈緑，榴紅信渥丹。濕螢光燄短，拖鵲羽毛乾。柳壞螬螬匿，墻空蜥蜴鑽。案蠅沿硯水，穴鼠嚙盆蘭。物理尋常見，詩聯貼妥難。爐香縈几席，黴點上衣冠。不出拋芒屩，無聊却扇紈。老嫌書幌暗，病覺布衾單。冰簟涼貪睡，琴絃緩廢彈。入舟同寂莫，着屐試蹣跚。直欲登樓去，還從倚檻看。空濛雖變態，縹緲必奇觀。寓居近在庾樓下而不得登，故云。

〔一〕按，《壬申紀游》題作「梅雨二十四韵」。《原稿》原作「梅雨二十四韻和灌園」，後改「四」作「二」。

〔二〕按，《壬申紀游》及《原稿》此處尚有「怒怕鰲移柱，閒輪鷺占灘。千帆風颯颯，十里霧漫漫」四句，《原稿》後删去。

雨中廬山僧書至

社裏何時著少文，書來猶未斷聲聞。千峯濕翠隨行脚，帶雨開緘一屋雲。

階除積水課力疏下流放之射圃隙地

尺寸階前地，無源本易盈。只應兼土濁，那得入江清。曲折隨人意，高低驗物情。下流荒圃在，吾枕厭蛙鳴。

曉　吟

江聲入户竹風急，樹影過牕山月斜。誰共此時留此景，殘更煞後未啼鴉。

次灌園潯陽唱和賦感見贈二十四韻

大火方司令，餘威未解嚴。夕陽明杲杲，殘雨過靄靄。書少渾難借，棋低又嬾拈。移時看燕乳，隨意聽魚噞。圃廢閒誰治，江喧近可嫌。談諧須得伴，興會賴相兼。洗甕晨浮蟻，推窗夜候蟾。學禪根器鈍，鬬韵筆鋒銛。鄉信燈空卜，歸期夢代占。山巾俄換葛，野服待分縑。我氣貧旋挫，君懷老益謙。悲歌飄變壯，醉語誤疑譫。鴻爪泥長印，蛛絲羽易黏。勝遊宗炳畫，往事季心鉗。灌園爲吴江大司馬之子，甲申以後，因亂破家。止沸吹虀冷，焚枯過劫炎。乾坤全晚節，畊鑿合窮櫩。君有別業，在玉屏山中。爛熳三秋菊，峥嶸百歲柟。以閒聊送老，所得詎爲廉。幸舍猶彈鋏，成都想下簾。商聲流石齒，仙氣入霜髯。高浪晴湖闊，奇雲夏岫添。掉頭隨去住，放跡等飛潛。澗壑終難返，塵埃久屬厭。天涯同拙滯，吟罷寸心惔。

江漲八韻

頗怪連宵雨，重雲尚合圍。忽聞溢浦水，已上庾樓磯。急皷争趨陣，高舂怒發機。九龍多被譴，萬馬孰能韉。魚健衝人過，鷗輕踏浪飛〔一〕。淘沙原自濁，流惡想尤肥。幸勿侵三版，還防没半扉。村橋新漲好，吾欲放船歸。余所居名横漲橋。

〔一〕「踏浪」，《原稿》作「趁漿」。

晚　晴

曉愁暴漲與堤平，意外斜陽得晚晴。小閣放教雙燕出，高梧忽帶一蟬鳴。便思對酒難逃暑，若要看山合上城。狼籍殘雲飛不盡，江空留作斷霞明。

連日苦雨江勢轉盛聞小池口一帶已成巨浸感賦

見説黄梅縣，連朝浸渺瀰。雨中隄盡壞，江口地尤卑。農事侵饑溺，天心望轉移。可憐關隴旱，竭澤正斯時。

午後有人自廬山來云昨日白龍潭起蛟故水暴漲〔一〕

瀑布聲中雨瀉檐，洪流百道走城南。山橋衝斷採樵路，歸報夜來龍洗潭。廬山大雨驟至。人謂龍洗潭。

〔一〕「漲」，《壬申紀游》作「發」。

曉霽望南昌歸信〔一〕

十日荒城聽雨聲，壞墻前後露株楹〔二〕。蛇因亂草當階卧，蝸是空坳積水生。喜動眉間看曉色〔三〕，夢于枕上算離程。故應乾鵲知人意，已報歸期又報晴。

〔一〕按，《壬申紀游》「信」後有「和灌園」三字。

〔二〕「株」，《壬申紀游》與《原稿》均作「茆」。

〔三〕「動」，《壬申紀游》與《原稿》均作「到」。

桐陰和灌園

積雨晴來暑倍加，午陰端愛片時遮。展開疎簟三間屋，掃過空庭半月花。清露欲流濃作乳，碧天初洗澹無霞。如何葉底留蟬蜕，長聽高吟在别家。

試弈次灌園韻〔一〕

澹墨行疎紙畫枰，兩人隱几亦忘情。總饒老手通盤算，只似兒曹鬭草贏。角上紛紛排陣蟻，睫前擾擾過飛蝱。莫嗤當局同游戲，得失心空始不争。

〔一〕按，「灌園」後，《壬申紀游》有「先生」二字。

夜熱不成寐聞秋蟲聲

循環造化機，陽壯陰已伏。不知昆蟲智，何以先草木。我亦化中人，投閒如病鹿。日長貪午枕，夜睡焉能熟。賴是心寡營，未妨羣動觸。徘徊風露下，大火西流速。須臾鷄三號，細響猶斷續。誰能將此意，寫入《玲瓏曲》。樂天《玲瓏曲》云：「黄鷄催曉卯時鳴，白日催年酉時没。」

一草亭後補築土墻同灌園越秀賦

缺後方思補，誰防未雨時。大都勞版築，不過當樊籬。儉與茆亭配，低於菜圃宜。墻頭環埤堄，留看一帆移。墻北面環城堞。

月夜得南昌消息知恒齋歸期猶未定

客來依地主，主去客翻留。萬事盡如此，一官難自由。日長愁過夏，夜静漸知秋。若上滕王閣，休忘庾亮樓。

蟬蜕和灌園韵〔一〕

不應已蜕尚名蟬，彈指難留過去緣〔二〕。枯比老僧初入定，輕如羽客乍登仙。誰云解脱非生理，始信飛鳴是後天。從此螗螂無攫意，機心不上七條絃。

〔一〕按，《壬申紀游》題作「蟬蜕灌園屬賦」。

〔二〕按，此聯《壬申紀游》作「不知何故尚名蟬，或是他生未了緣」，後改第二句爲今句。「不應已蜕」，《原稿》原作「不知何故」，「彈指難」，《原稿》原作「委蜕空」，後均改作今句。

除　草

病暍貪微凉，空庭方夜坐。蚊雷來茂草，一唱千萬和。誰能忍痒肌，委身飼羣餓。可憐蜘蛛巧，布網僅如磨。暗飛餘地多，觝觸凡幾個。老夫爲暫避，奇計出高卧。除惡務其源，攻先窟穴破。披衣早我起，刈草僕晨課。一聞奏刀聲，快若風雨過。非云迹盡掃，但使勢少挫。滋蔓或養奸，斯言可喻大。

灌園用瓷盆斛水浮以花片畜魚苗其中作案頭清玩索余賦之戲成二絶句

其一

詩翁六十如兒戲，一勺分江几案間。少片壺中九華石，湖口李正臣蓄異石，名「壺中九華」，東坡、山谷皆有詩。配他剩水作殘山。

其二

魚吹花瓣亦生瀾，水擊鵬飛一樣寬。下得《南華》新注脚，藕絲針孔是奇觀。

露坐待月

城頭待月月未出，一綫飛光曳長白。明朝有客渡湖來，湖面應添落星石。

苦旱

積雨乃祈晴，久晴迺望雨。如何望雨意，止在驅炎暑。難將田野情，一概例官府。江流空浩浩，不救稌與黍。南山昨日雲，竚待商羊舞。狂飆忽捲散，吹井作乾土。朝來禱龍祠，會衆伐大鼓。此邦歲早穫，鄰郡給商賈。六月合嘗新，過時恐無補。可憐關中旱，移粟累晉楚。糧船從東來，輓送方接武。時方輓運入楚漕艘。家家募丁壯，日日候江滸。寧知餽運人，自迫忍饑苦。天心莽難測，含痛向誰語。

起最早

竹亭宜早起，獨自繞廊行。漸覺月光淡，不知天色明。草長兼露重，庭曠得風輕。墻缺廬山好，峯峰似染成。

冒風渡湖口

湖欲與江合，江猶吞吐間。浪頭千點白，一點是鞋山。

立秋夜彭澤舟中

斗柄轉城頭，江聲健入秋。若逢明月夜，應作小孤遊。水栅依茆屋，風帆帶荻洲。半年遷客夢，星露警扁舟。

雨後登彭澤北山佛閣

眼界江天闊，登臨即大觀。雲根連地拔，山勢讓城寬。路險苔偏滑，風凉汗易乾。夕陽紅欲墮，好是獨凭欄。

彭澤縣雨中望小孤山

龍城望小孤，巖樹近可數。何來雲一片，遮斷蘆花渚。遠勢入微茫，彭郎磯外雨。龍城，彭澤驛名。

七月初三夜

七月初三月，如弓未上弦。凉風彭澤柳，遠火望江船。不作披衣坐，聊爲枕柁眠。傍人多笑我，辜負早秋天。時余微疾，早卧。

秋　暑〔一〕

大火初流暑未清，長川落日正西傾。氣蒸遠水浮天動，血染殘霞照夜明。蟋蟀豈知催雨意，蒹葭只慣報風聲。故鄉消息經時斷，白髮無端一夕生。

〔一〕按，《壬申紀游》與《原稿》均作「秋暑舟中遣悶」，《原稿》後删去「舟中遣悶」四字。

發彭澤紀事和恒齋〔一〕

吴楚西來太驛騷，亂帆啣尾上千艘。戍旗不動方傳箭，秋水初平尚滿槽。樂天詩：「江鋪滿槽水。」樹豁忽疑遥岸盡，天長不覺遠山高。民間疾苦原難悉，移粟徒煩睿慮勞。

〔一〕按，《壬申紀游》無「和恒齋」三字。

遊下石鐘題山響樓壁

牛羊滿山似可驅，鞭之不動非石乎〔一〕？懸崖無根乃有株，老榦亂拔千章榆〔二〕。嵌空樓閣凌紫虛〔三〕，列仙遠邀山澤臞。落星如漚漂大孤，五老拱揖朝香爐。沙洲鎖斷九江脉，正面全受鄱陽湖。湖波本清如碧蘆，下流盡被江所污〔四〕。是日大風聲拔木，洪濤倒挾雷霆趨〔五〕。須臾風止平若鋪〔六〕，細聽林籟鳴笙竽。石鐘非鐘扣亦愚〔七〕，孰辨清越分涵胡。作詩一笑解者無〔八〕，四壁自看江山圖。

〔一〕「非」，《壬申紀游》與《原稿》均作「乃」。
〔二〕按，「懸崖」二句，《壬申紀游》作「懸崖無趾盡倒掛，老樹背負千章榆」。
〔三〕「嵌空」、「紫虛」，《壬申紀游》作「傍嵌」、「虛無」。
〔四〕按，「湖波」二句，《壬申紀游》作「湖流自清江自濁，兩水争道傾一壺」。
〔五〕「聲」、「倒挾雷霆趨」，《壬申紀游》作「勢」、「下瞰如平鋪」。
〔六〕「平若鋪」，《壬申紀游》作「水聲息」。
〔七〕「亦愚」，《壬申紀游》作「豈應」。
〔八〕按，「作詩」一句，《壬申紀游》作「詩成舊事向誰問」。

江聲閣次家聲山壁間舊韻

勿將架構擬人工，百尺高樓萬里風〔一〕。彭蠡遠帆斜出口，匡廬晴翠淡粘空。凉生欄檻秋先爽〔三〕，助得江山句轉雄。好是不題名姓在，免教僧費碧紗籠。

〔一〕「匆」、「百尺高樓」，《壬申紀游》作「敢」、「一閣能來」。

〔二〕「欄檻」，《壬申紀游》作「竹柏」。

王令詒自吴淞至溢城連牀話舊驚聞錢越江學士京邸訃信悲感交集即事成詩

急雨渡江來，蕭然挾秋氣。清風偕好友，一夕千里至。殘燈照黄昏，梧葉響階砌。荒城忽連榻，此會出不意。可憐窮旅人，一笑天併忌。新歡猶未極，旋隕傷心淚。憶昨客京華，青衫最憔悴。髯公獨好我，不與時並棄。往往合酒徒，開懷使沈醉。江湖莽回首，已若隔生事。那復承訃音，嗚呼别離地。君頭絲欲换，余齒豁已墜。浮生知幾何，聚散逆難計。吟蛩耿敗壁，達旦兩無寐。

宋中丞牧仲自江西移撫江蘇邀余入幕投詩辭之

此遊本意因廬嶽，半載逡巡未謁公。擬束歸裝向溢口，送移旌節赴江東。空煩使命雲霄上，豈有人才道路中。敢謂山林便野性，倦飛無分借秋風。

同王令詒泛甘棠湖至城南謁陶白祠

艇子打兩槳，剪風如燕梢。白鷺導我前，行行入蘆茭。古祠晝常啓，不待遊人敲。門前十畝田，按碑記云：有田十畝，即以給居僧。夏旱土不膠。牛宫柱欹側，旁種苦葉匏。居僧老業農，叱犢犂黄茅。苦云生理拙，歲歲山田墝。入門風氣遒，沙水互裹包。湖光隱林杪，山色遮城坳。天然好位置，結構宜橧樔。緬懷二先生，潛見各一爻。潔身苟有歸，千載應神交。如何斗室中，湫隘鄰湢庖。誰能移佛座，勿令名實淆。正室三間，中設大士像，而二公祠反在其左，與僧厨偪處，殊不稱也。

送令詒歸青浦即次留别原韻

遠别無善地，况乃當溢城。送客不思鄉，此語非人情。鄉心我久發，非緣送君生。輸君後我來，竟復先我行。大江秋滚滚，日氣昏離程。斷雁思舊侣，閒鷗狎新盟。茫茫對岐路，歸計何時成。

敬業堂詩集卷十五

雲霧窟集壬申八月。

二月杪抵九江，即擬作匡廬之遊，因循至秋仲，恒齋爲余聚半月糧，遂策杖往。自化城北登山，南下含鄱口，循麓而歸，凡十餘日，得詩七十首。身在雲霧中，仍恐未識廬山真面目也。

遊廬山道中寄恒齋太守

山行宜寂寞，獨往翻躑躅。一遇同遊人，謂王琴村。決起興有餘。頗累賢地主，聚糧辦籃輿。曉來風色好，初日明烟墟。千巖排空來，勢若掖以趨。但聞空翠裏，竹樹聲疎疎。我今心力衰，事事不迨初。預愁無傑句，何以酧匡廬。

經周濂溪先生廢祠

尼山大聖人，重去父母邦。人情非得已，孰肯違故常。先生少而孤，依舅居丹陽。母殁即葬此，後乃官南康。官貧久不歸，遷柩於九江。仁心重廬墓，卜築匡山傍。托名寓濂溪，中豈忘故鄉。同時往還輩，無若蘇與黄。猶不諒此意，作詩徒誇揚。我來千載後，拜公謁祠堂。荒畦被秋禾，四野烟茫茫。溢城賢太守，爲政持大綱。度地面三峰，種蓮池中央。煌煌謚告石，舉廢今方將。時恒齋捐俸重創書院。願備洒掃人，幸勿揮門墻。

太平宫

北風江上來，吹瓦墮屋角。牛羊入廢觀，古木一鳥啄。問此宅何神，其來已渺邈。肇興自唐代，廟貌遞樸斲。唐開元中，封廬山神爲采訪使者。上古神靈封，每視三公爵。東西南北中，嵩岱恒華霍。廬山雖僻左，不得列五岳。傲然踞江湖，氣象頗卓犖。無端加秩祀，屈首受正朔。山靈恐未甘，孰與一丘樂。黄冠那解此，意在崇榱桷。昏昏入醉夢，舉世呼不覺。神來風綽旛，神去雲解駮。下視九萬空，紛紛蜩與鷽。

東林寺

連山衮衮來，陡起山門前。頑空被偪塞，失却東南天。石稜瘦筋露，磵道枯綆懸。不知何峯水，流作溪橋泉。入門尋斷碑，古蹟想白蓮。同時十八人，縛律如坐禪。飲酒不入社，淵明豈非仙。

題遠公影堂後冰壺泉

影落空堂不記年，依然冰雪照蒼顔。定嫌人世江湖濁，莫放清流更出山。

宗雷禪師索贈

荔枝塔古名僧少，誰是堂中十九賢。好乞謝公池畔水，爲師重長一枝蓮。

題東林方丈

浮嵐叠翠偪崔嵬，三面周遮一面開。我欲向西添小閣，盡邀九十九峯來。株嶺一帶在寺西，若置一閣，名「九十九峯」，亦絶勝也。

三笑堂書阮亭先生題壁後先生題志云乙丑新正四日同里阮亭王某奉命祭告南海過東林三笑堂觀故友東癡先生題詩爲之憮然詩載南海集中

聽雨軒中昨曾宿，虎溪橋東今又過。謝靈運屐去已久，蘇子瞻詩留不多。兩袖攓雲獨惆悵，一燈照壁猶吟哦。沙彌竊聽傳怪事，大笑此客如風魔。

西林寺贈魯宗上人

夕陽在西林，孤塔支青天。中有六朝寺，鬬古不鬬妍。樹頭一朵雲，渡水俄爲烟。老僧送客罷，倚樹聽凉蟬。

遺愛寺小憩

侍御遺踪已久蕪，盤盤樵路極縈紆。萬竿藏塢初迷寺，一覽分泉直到厨。勝地乍來忘過客，衰年漸欲信浮屠。木樨香裏逢僧話，舊事三生記得無。

香爐峯下尋香山草堂故阯

古寺折而南，一峯矗香爐。北有草堂阯，荒榛穴鼪鼯。白公真天人，笑傲淩中區。本挾烟霞性，歷遊仕宦塗。當其卜築時，意已忘羈孤。人生營菟裘，寧必皆故廬。等是有興廢，此中別賢愚。

上化城

懸崖多烈風，石縫樹不長。怪此獨雄拔，枝枝蔽穹蒼。路轉倍蕭森，古陰暗虛廊。鳥巢不敢寄，一一皆下翔。我亦難久留，毛孔森開張。翻思風雨會，快受六月凉。

由關門石步行十里登大林峰

此來爲遊遨，忽迫失足慮。中情一恇怯，進退兩失據。隮雲如奔逃，片片掠面去。霞標尚天半，欲到苦難遽。松根絡崩巖，怒石虎蹲踞。隨身賴竹杖，將伯倘予助。移時陟層顛，鸞鶴似可御。眼前少行輩，坐長丈人倨。登頓方自兹，休矜最高處。

講經臺次昌黎遊青龍寺韻

城中望山如握管，寸碧抽篸目光短。罡風掣我絶頂來，地少雲多鋪滿滿。一條江水拖細綫，四面天形罩圓傘。鶴經枯樹或墮翎，龍去空潭不貽卵。何人結茆荒山顛，米罄齋厨爨長斷。豈惟米罄水亦竭，兼值今年連月旱。秋陽炙背汗透衣，客到苦催供茗盌。老禪對客大嗢噱，指説兹遊太荒誕。休誇筋力尚有餘，應慮頹年行莫纂。陸機賦：「傷頹年之莫纂。」偶然饑渴所不免，前路茫茫預難算。資生破寺例乞食，此去深山漸無伴。雨襟風帽好自擔，垢脚黧顔向誰澣。奔馳不定覺客忙，應接無端累我懶。白頭住山年六十，投老安心就閒散。芒鞋不踏户外塵，坐看嶔崎化平坦。遠公殁後經臺廢，世外名僧近尤罕。談天高論久寥寥，一聽清言真款款。此來得此吾有幸，大似冬寒變暄暖。好奇歷險亦何爲，語不在多微中窾。浮情一半爲芟除，相别出門行步緩。

推車嶺

奮身出絶險，深入得平地。玩情忘安危，履險識難易。憑高試北望，來路直如棄。枯株盡僵仆，樵採遠莫致。野火歲燒林，虎狼何處避。前山有厲禁，僧律嚴於帥。漸入翠微天，濛濛雜烟氣。自此至天池皆禁山矣。

大林寺冏上人茅齋

盤烟下層霄，山骨微負土。陰陰日光澹，漠漠風氣古。寶樹壓橋低，一溪環菜圃。香山舊吟地，花徑兼宿莽。白樂天曾於此四月看桃花，其地猶名花徑。廢寺亦荒凉，半間用茅補。孤清耐久坐，客至何必主。林静無匿聲，虚簷應樵斧。

洪武御碑歌

昇仙臺前白玉碑，柱石拏攫龍之而。鴻文載在御製集，初不假手詞臣爲。我來摩挲一再讀，顛者蹤跡大可疑。憶昔元人失其鹿，羣雄角逐争驅馳。濠州布衣人未識，芒碭雲氣常隨之。金陵一朝定九鼎，六合不足煩鞭笞。是時楚兵最剽悍，不自量力來交綏。國家將興有先兆，天遣來告貞元期。明明天眼識王氣，故以險怪驚愚蚩。英君往往謀略秘，計大不許尋常窺。亦如田單破燕騎，神道設教尊軍師。不然兹事乃近誕，小數何足誇權奇。白旄一麾江漢靖，軍前長揖從此辭。留侯自伴赤松去，穀城空立黄石祠。天池之山高巍巍，竹林仙馭杳莫追。鶴歸倘記石華表，世代已逐滄桑移。百年雨露在山澤，惟有松柏參天枝。

循佛手崖觀竹林寺石刻至訪仙亭

何年鑿渾沌，洞户啓虚牝。瞰空飛瓏瓓，萬古凝不隕。泉蒸濕氣成，一一結芝菌。其西勢陡絶，難以尋丈準。天窄忽倒垂，地豁平野盡。寸人不點目，寸樹如束笋。遠視入毫芒，俯身迫窮窘。傍崖嵌樓閣，側背削蒼隼。青鸞十萬隻，掉尾掃欄楯。竹林疑有無，仙者蹟久泯。短生寄長世，局蹐良足憫。如何不自廣，蟠蠖同螾蚓。御風倘可行，吾意欲遠引。

天池寺

西跨馬鞍脊，東拊五老背。廣袤四十里，南北兩交會。地界畫雲霞，岡形走杉檜。架空營紺宇，巨麗一山最。佛皆鑄金爲，殿用鐵瓦蓋。象筵及法供，半出尚方賚。琉璃百盞燈，光燭楚天外。鳴鐘集萬指，部牒領司會音膾。當時曠蕩恩，池水亦霶霈。神仙事渺茫，崇餙毋已太。爾來漸凋耗，隙影過坱壒。殘僧四五人，被衲嬾結帶。天池旱亦涸，磴道入蔚薈。獨客來登臨，嗒焉發深慨。窮陰蓄邃谷，瑟瑟響秋籟。

聖燈巖

見説文殊谷，神燈照夜明。山僧從未見，高卧過三更。

趙忠定公廢祠在天池塔傍

丞相塔前塔爲韓侂胄所建，故俗呼丞相塔。丞相祠，千秋興廢偏同時。我來弔古一惆悵，青史賢奸僧不知。

穀封寺瞻赤脚塔

自從蛟拔門前樹，水氣猶腥一派泉。萬瓦盡隨飛雨去，孤鐘空向廢堂懸。三年前，寺傍起蛟以百數〔一〕，殿瓦悉爲所掣，惟存屋柱而已。泥金塔縫風吹裂，映竹窗櫺日射穿。不用琳宫更巍焕，御碑原自配羣仙。赤脚僧，天池四仙之一也。

〔一〕「百」，《原稿》作「千」。

下擲筆峰渡將軍河抵黃龍寺觀明慈聖太后所賜紫衣經幢及元人十八羅漢畫像

危峰拔奇峭，插漢秋峥嵘。下走數千尺，此身疑被阬。溪流寬且長，潭影黝而清。飛泉濺我領，過山猶水聲。漸入漸無蹊，蒼松與雲平。萬枝皆直上，曲木何由萌。入林見精藍，御扁題有明。勑建自神母，豁達開朱甍。一道護藏碑，蛟龍拱函經。架裟垂頻婆，錦繡揚旛旌。新如手未觸，機上初織成。元人留畫圖，用意填丹青。年深彩色退，神氣逾發生。劫火焚天池，緘封亦頹傾。黃龍獨無恙，故物猶充盈。得非深山中，呵禁趨百靈。勿輕現光怪，恐使神鬼驚。

金竹坪

水緩山舒一徑分，叢篁戛翠晚氤氲。秋陰非雨亦非霧，嵐氣似烟還似雲。偃蓋松低從蘚蝕，藏經函古費香熏。内官死後茅菴廢，好事僧稀失舊聞。明萬曆中有太監劉姓，結茅於此，今菴廢阯存。

太乙峰西麓有蘆林亦静者之居也

誰將半幅江湖景，移置千峰最上頭。撥觸遊人動歸興，蘆花風裏屋如舟。

自含鄱嶺下東行至蚱蜢嶺望大小漢陽諸峰

已近匡南道，紆迴下嶺行。路尋松鼠跡，山占草蟲名。曉露沾衣重，秋風信杖輕。翠屏圍合處，遥指仰天坪。在漢陽峰上，廬山最高處。

入九叠谷循觀山麻姑崖經屏風叠上一綫天會日暮不及觀三叠泉而返

信書不如無，身歷解其故。好奇輕坦道，冒險犯迷路。廬山載圖經，絶勝因瀑布。三叠尤稱雄，此來期勇赴。尋源既已得，一壑經屢渡。波濤所衝撞，石滑不留步。荒榛或刺眼，蛇蝮時挂樹。雲屏横我前，陰瀨風逾怒。偕行率興盡，深入獨無怖。漸上一綫天，團團失四顧。日光所不到，勃窣但烟霧。徘徊問樵夫，道遠日已暮。逡巡半塗廢，老懶坐自誤。悮事豈可常，一悔生百悟。

晚至萬松坪二首

其一

論谷量松不計株，參天一片翠模糊。明朝五老峰頭望，又作蒼雲貼地鋪。

其二

此中舊有高人住，謂聞極上人。遲我來尋五六年。畢竟著書須擇地，人間難得好林泉。

五老峰觀海綿歌

峭帆昔上鄱陽船，我與五老曾周旋。兩塵相隔骨不仙，蹉跎負約十四年。近來稍知厭世纏，筋力大不如從前。扶行須杖坐要箯，絶境敢與人争先？山神手握造化權，走入南極分炎躔。鞭羊欲從後者鞭，假以半日登高緣。風清氣爽秋景妍，芙蓉千丈開娟娟。長江帶沙黄可憐，湖光凈洗顔色鮮。背負碧落蓋地圓，尺吴寸楚飛鳥邊。初看白縷生棲賢，樹杪薄罥兜羅緜。移時騰湧覆八埏，四傍六幕一氣連。滔滔滚滚浩浩然，渾沌何處分坤乾。近身扁石履一拳，性命危寄不測淵。陽烏瓶撲光倏穿，饑蛟倒吸無留涎。以山還山川自川，五老依舊排蒼巔。來如幅巾裹華顛，去如解衣袒兩肩。酒星明明飛上天，人間那得留青蓮。此時此景幻莫傳，頃刻變滅隨雲烟。

青蓮谷青蓮寺

饑鷹入山猛如虎，掠過松梢攫飛鼠。林深谷暗人更稀，橋斷溪横道多阻。忽逢大石刻三字，快若同遊獲徒侶。前行依舊路茫茫，太白書堂在何許？三間破屋佛委地，一帶頽垣草没礎。獨來高咏《廬山謡》，白日軒軒欲輕舉。屏風叠與五老對，想像先生舊遊所。石梁即是三叠泉，此景分明在詩語。後來著書好穿鑿，衆論紛争吾不與。太白《廬山謡》有「屏風九叠雲錦張」，「銀河倒掛三石梁」之句，元李洞言三石梁在開先寺西，黎𦍑言在五老峰上。或云在簡寂觀及上霄、紫霄二峰間，桑喬《廬山紀事》則竟以爲無，如竹林寺之幻境。衆説紛然，莫知所指。今三叠泉在九叠屏之左，水勢三折而下，如銀河之掛石梁，與太白詩句正相脗合，非此外别有三石梁也。後人必欲求其地以實之，失之鑿矣。古仙不作誰正之，悵望秋雲久延竚。

徧遊鈐岡嶺下諸禪室

山僧住山久，不道深山好。山下每相逢，山中跡如掃。禪居既寂寂，過客亦草草。林荒鳥語斷，葉落寒氣早。物外識閒情，誰能耐枯槁。

早發萬松坪

昨登五老峰，足力鬬輕矯。釟投茆舍宿，睡美不知曉。豈惟廢鐘魚，林寂少棲鳥。起來見晨旭，殘月猶雲表。山谷催早涼，陰多晴恐少。迨兹好天氣，我興殊未了。

皆口下山

匡南古道誰開闢，懸溜垂絲通一脉。劣容半足百八盤，直注雙眸五千尺。靈區再上苦不易，步步別山多可惜。舉頭却望昨所經，似到蓬萊今被謫。

從萬壽寺經百花園

草烟竹靄午霏霏，行盡懸崖接翠微。過夏客餐嘗筍去，隔林僧擔賣茶歸。穠花繞砌晴添艷，乳水流田土漸肥。自覺向南風候暖，早秋時節尚生衣。

凈成精舍懷天然澹歸二禪師時二公俱下世矣

萬枝修竹一龕燈，山外青山又幾層。有此林巒應著我，無多文物半依僧。香前蠹辟繙經案，鉢底龍眠挂壁藤。紫桂巖前人不見，秋風猶記别南能。往與澹公别於家黄門伯如圃中。

三峽橋

陟山須到顛，尋水須到源。我從泉源來，送汝歸山根。上流九十九，併力同作喧。前行經玉淵，盡爲潭所吞。既吞不勝受，含雪空中歕。急峽跨飛橋，約束遏其奔。一條夭矯龍，中有跌斷痕。挾此萬古怒，轟轟争一門。遊人不敢立，足底防瀾翻。松風吹細雨，到寺將黄昏。

棲賢寺阻雨示角子禪師

七尖峰埋烟一塢，五老神情皆下俯。攜來杖頂昨日雲，洒作燈前夜來雨。石頭路滑不可行，遊人早起祈天晴。禪翁勸我且喫飯，同向空堂坐水聲。

雨後再至玉淵潭觀水勢

着屐重來又一奇，飛流十丈躍龍池。不知雨點添多少，跳沫粗於白鷺鷥。

白鶴觀舊有唐道士劉混成手植杉東坡先生嘗獨遊聞碁聲於古松流水間即其處也

古觀荒荒冷翠交，一渠新漲浸堂坳。雨眠亂草移蟲窟，風折枯枝帶鶴巢。旛影不飄經院静，棋聲久散石牀抛。三山路僻人稀到，頭白黄冠自結茆。

白鹿洞書院紀事四首

其一

古洞盤旋路欲封，到門無樹不喬松。陰森前後三重殿，突兀西南五老峰。兵火縱教仇典籍，蠹魚何敢蝕蛟龍。書院中有御賜《十三經》、《二十一史》及御書二額。睢陽岳麓全荒棄，留得宫墻儼辟雍。書院舊名廬山國子監。

其二

九原可作心相許，千古淵源只數公。大事商量何草草，當時位置太匆匆。祠荒勿復論分合，道在終須辨異同。祀典也應煩早定，莫令禮樂笑淹中。

其三

前賢餘澤最分明，立法雖良視奉行。幸爾流風綿歷代，猶從朔望集諸生。學田籍去官支俸，觀德亭荒士好名。此日終南非捷徑，溪山何負讀書聲。

其四

松顛紅鶴早歸來，卓爾山前半草萊。題扁已更新歲月，看碑猶辨舊亭臺。無端講院人人設，何怪儒風日日頹。傳語後來須慎重，此間容易着英才。萬曆己卯，張江陵禁革書院。先是常有紅鶴百十巢於後山松杪，其年忽去。越三年，仍來巢，書院隨議復。

鹿眠場

山人陳迹久荒唐，石洞新移近講堂。町疃年年秋草没，兒童偏指鹿眠場。白鹿石洞，明南康守王溱壘石爲之，在彝倫堂後，非故處也。

左翼山武侯祠

舊來忠節祠何處，丞相新堂獨改營。洞中舊有忠節祠，合祀武侯、靖節。今祠廢，靖節神位移入朱子門人之列。若是此中多序爵，故應無地置淵明。

循貫道溪南北觀朱文公題志諸石刻

我留鹿洞訪古蹟，夜以繼日勤搜羅。穹碑無數作林立，大半劖刻時人多。蛇蟠蚓結互相雜，頭目眩瞀猶摩挲。先生姓字如日月，照耀宇宙開山河。生平衣履皆可敬，矧乃手澤存巖阿。溪邊巨石見題字，小者徑尺大擘窠。自然運用合古法，小技不算隸與科。水淘土蝕殺節角，元氣尚自盤蛟鼉。誰能幠取置殿壁，細辨點畫無差訛。嗚呼所見毋乃小，金石非壽道不磨。

次韻答白鹿洞生周扆臣並簡學博鄭子充副講徐履青

吾生苦失學，悔往思補來。一經未精通，賦命多邅迴。靦顔扣名區，洞户呀然開。登堂挾浮氣，静者恐見猜。此來爲求友，庶幾遇奇才。之子杜門處，堦前長蒼苔。昔年充國賓，羣彥多追陪。脱身出京洛，振步凌崔嵬。爲儒務其醇，好勇知所裁。士方處貧賤，有識羞良媒。詞章技尤卑，小草殊根荄。讀書不聞道，枯朽安足摧。古來名師儒，所以重草萊。

出白鹿洞經羅漢嶺下至王楊坂

蒼蒼轉一溪，窅窅凡幾曲。烟中見村落，鷄犬傍草屋。阡陌交横從，秔稻雨早熟。謂言岡路盡，豁眼得平陸。涉澗水急流，吾行尚山麓。循流溯此水，來自棲賢谷。想當暴漲時，發石拔老木。兩傍設機碓，日可轉百斛。此法俗不傳，勞勞手舂粟。

萬杉寺贈熙怡長老

慶雲峰麓萬杉寺，拓地舊傳天聖中。大書鑿石剩九字，寺中石刻甚多，悉爲僧所踣瘞。今惟「槐京包帚書龍虎嵐慶」九字在寺後石上。古殿跨山連百弓。夕陽沈沈南去鳥，秋氣颯颯西來風。相逢不談户外事，吾愛老僧雙耳聾。

開先寺

平橋曲磵氣森森，門鎖空堂晝轉深。時居僧以斫伐佛印手植松，爲當事所逐。三門晝閉，小吏司鎖鑰。鴨脚葉黄僧罷掃，麝囊花紫客來尋。寺創於南唐，時山中有麝囊花，色正紫。中宗嘗植于移風殿，名曰「紫蓬萊」。諸峰瀉瀑層層見，萬木聞蟬步步陰。可惜不容吾借榻，山南第一好禪林。

李中主讀書臺

鶴鳴峰勢倚巑岏，指點南唐舊石壇。畫像影中松葉换，黄山谷《開先禪院記》：有南唐中主畫像及榻存焉。墨池涸後蘚花乾。累朝題志名空在，衆口傳訛辨最難。俗傳昭明太子書堂者，訛。珍重涪翁留片碣，雨淋日炙恐摧殘。石上刻山谷所書《七佛偈》。

王文成紀功碑

明朝制科號得士，吾鄉前輩尤絶倫。于公王公後先出，往往艱大投其身。朝廷坐收養士報，倉卒定變皆儒臣。正德己卯夏六月，逆濠犯順江湖濱。公然舉兵思向闕，三郡一鬨生祆塵。皖口騒騒勢將下，留都岌岌恐震鄰。是時海宇正清晏，武備缺略久不振。公方持節撫南贛，似可觀變徐邅迍。同仇大義憤所切，守土敢限越與秦。出師必待九重詔，是謂以賊遺君親。飛書插羽聲罪討，攻所不備真如神。自從擣巢及執醜，通計時日纔兼旬。軍門戎首已面縛，天子靺鞈方南巡。石頭城南獻馘罷，待命行及明年春。周公東征尚跋壼，形跡詎可拘忠純。盈庭宵小古亦有，忌者愈衆節愈伸。初心祇期濟國事，豈必畫像圖麒麟。兹山勒銘蓋有故，深刻歲月題庚辰。紀功非夸乃紀實，書法遒勁辭温醇。首從伐叛叙始末，繼舉神武歸丹宸。天方嘉靖我邦國，誰其紀者臣守仁。隨征官屬例得列，惜哉名姓今俱湮。讀書臺傍一片石，百四十字磨崖新。逸事吾聞長老説，弘治乙榜凡三人。後來立朝適共事，數本前定非無因。胡發其奸孫殉難，公乃一手回千鈞。弘治五年，吾浙鄉榜，公與胡公世寧、孫公燧同舉。其年，場中見三巨人，傳爲異事。及宸濠之變，胡首發其奸，孫以巡撫死難，三人共此事，亦一奇也。煌煌勳業本德性，出遇世會開經綸。質諸百世可無惑，似此理學寧非真。後來輕薄好詆毁，撼樹不過欺愚民。如公表見猶未免，此外何以加冠巾。手磨碑碣發長嘯，白日皎皎懸秋旻。

題聰明泉傍石上

頑童漱清甘，我見謂可惜。我旋被彼笑，浣手向澄碧。人苦不自量，無端分别多。飲牛與洗耳，相去能幾何。

玉峽亭觀瀑

女媧煉石手，年久漏微罅。銀河忽垂天，峰頂劈二華。陰寒透毛髮，觀者初可怕。從來所踞高，一跌必就下。龍歸争窟宅，思以一戰霸。雷霆震嚴冬，冰雹凛炎夏。衝成井萬丈，避去石三舍。束身峭壁傍，俯視若出跨。相持勢難合，掉尾竟傾瀉。來者競喧囂，逝者已代謝。風林延静聽，漸遠似分汊。繅繅絲車鳴，决决糟床醡。盡平震蕩心，坐以觀物化。

萬竹亭〔一〕

孤亭避玉峽，一徑幽篁裏。鑿斷籜龍根，石槽方吐水。

〔一〕按，《原稿》題下有注：「宋守樓杓所建。」

五乳峰下望黄巖瀑布

五峰融乳氣流濕，一穴洩雲聲滿空。落日正懸高樹杪，行人却在雨絲中。

歸宗寺次潁濱先生舊韻

遥瞻孤塔近聞鐘，又到金輪第一峰。五老烟霞猶在眼，六朝風景獨留松。寺爲王右軍捨宅。
鵝池細合簾泉派，鸞水凉分茗盌供。歷徧名藍兹最古，夕陽簾閣影重重。

登右軍閣

右軍高閣俯碧渠，古木漾影交扶疎。迴廊灣濃得幽趣，高有飛鳥潛有魚。此間臨池頗自可，我腕有鬼不善書。作詩亦欲題壁去，擲筆一笑成墨豬。

鸞　溪

二老風流路未迷，青松名與白蓮齊。若將山水平情較，似覺鸞溪勝虎溪。元豐中，周濂溪先生與真淨文禪師於此結青松社，人以之比虎溪云。

寄題簡寂觀十四松

梁時碑記梁沈璇有《簡寂觀記》。晉時松，十四株如十四龍。約汝重來吾不負，好留鱗甲待吟筇。

從栗里渡柴桑橋至鹿子坂訪醉石觀靖節祠

陶公家柴桑，地本接栗里。高賢棲隱處，土物覺清美。風翻紫芋苗，雨綻紅蓮米。平坡樹簇簇，枉渚波瀰瀰。徘徊山東南，何處訪故阯。逢人輒問姓，覬遇陶氏子。但見丱角翁，叱牛入烟裏。先生在當日，逃禄如脱屣。至今山下柳，尚識折腰恥。肯令後世名，人人得輕指。聞風感頑懦，即此可以起。

圓通方丈與杲菴長老夜話

到門山壓樹，冒石水衝橋。古殿防頹塌，閒房取寂寥。齋鐘秋後準，燈盞夜深挑。尋遍峰峰寺，高僧不在遥。

月下步入鄰菴同杲公

尋山翻苦忙，忽忽度長日。徘徊撫良夜，清景殊未畢。鄰僧閉門早，避月不肯出。客來扣柴門，帶月入爾室。空堂琉璃暗，古佛黑如漆。不有好事人，清光爲誰溢。

尋夜話亭一翁二季亭故阯皆不得戲示杲公

十里無端枉道來，歐蘇陳蹟委蒿萊。人間好事誰如我，博得圓通一宿迴。

渡石澗橋欲遊石門精舍不果

客從山中來，嵐氣濕巾帽。北尋黄龍潭，南送白水漕。五老峰下澗名，讀作去聲。石門路非遠，一澗流浩浩。翻以耳目前，行踪未經蹈。吾將賈餘勇，直入窮閫奥。謀及道旁人，競以險惡告。或云林黯黮，或云石巀嶭。或云夔罔兩，遇者恣凌暴。或云採樵叟，壯年曾一到。白頭每追悔，相戒勿再造。或云天池僧，亦曾宅崖隩。荒寒難久住，苫舍隨欹倒。爾來更誰繼，奇險敢輕冒。老夫爲躅躇，獨聽奪羣譟。迴思謝康樂，鑿山每開道。當時築精舍，物力豈空耗。不得從之遊，悵然違夙好。

廬山雜咏四首

其一

食豆兼食苗，豆苗瘦如縷。不聞豆花香，惟帶豆葉苦。豆葉菜。

其二

老鴉銜茶子，墮石久成樹。何必百花園，峰峰有雲霧。閿林茶，亦名雲霧茶。

其三

誰遣冒松名，而長三寸許。山頭有蓬藋，俯視猶傲汝。萬年松。

其四

山花合在山，幽谷尋難見。却笑紫蓬萊，愛入移風殿。麝囊花。

遊山歸錢越秀吕灌園出示見送詩戲答二首

其一

一卷新詩吟不盡，歸來只與未遊同。野人胸次無宿物，好景仍在廬山中。

其二

千古才難洵不疑，敢將輕薄入文辭。眼空除是東坡老，笑得徐凝《瀑布》詩。

自題廬山紀遊集後

半生讀書不得力，浪走風塵嗟暮色。名山五岳杳無期，此日匡廬面初識。千秋物象遞顯晦，幾輩閒人肯登陟。謫仙頭白倘歸來，白石清泉聞太息。獨移瘦杖扣石鏡，雙眼快對晴空拭。已知絶境少豺狼，那怕荒蹊犯荆棘。鴉飛不到力有限，龍起無時神莫測。橋邊聽瀑雨淙淙，峰頂看雲松叟叟。三秋忽變候寒暑，半月罨盡山南北。偶然興至或留題，聊藉微吟豁胸臆。詩成直述目所覩，老矣焉能事文飾。仙靈幽秘苦雕劖，雲霧蒼茫每深匿。忽逢生客一呈露，可惜無才收不得。歸途鹵莽方自嗤，遊況匆忙誰見逼。人間涉歷多梗滯，祇此一途猶未塞。皇天亦似憫汝窮，恣爾窮探無吝嗇。如何汲汲向城市，若赴嚴程拘漏刻。他年終伴采芝翁，臨别有言吾敢食。

敬業堂詩集卷十六

客船集起壬申九月，盡十二月。

樂天《琵琶行》自述遷謫之情，託于送客而不著其姓字，未必果有其人也。今余與恒齋别，正值楓葉蘆花之候，恒齋官况不異左遷，别後倘有詩見及，其毋使人疑此客爲烏有子虚乎？

留别恒齋太守次見送原韻

小住衙齋忽半年，河梁只在一尊前。重攜風雨登山屐，又上江湖載酒船。有此别離成我老，無多才調感君憐。蘆花楓葉殘秋路，不聽琵琶亦黯然。

鎖江樓下再與恒齋别

聚散真無奈，行期已數更。不緣歸路遠，翻遣别愁生。潮到潯陽縮，江過皖口平。戍樓今夜月，相送比君情。

早發湖口縣

山色滿空城，蒼烟帶曉晴。舟人辨風信，關吏候鷄鳴。湖勢三秋減，江流九月清。半年經六度，此度是歸程。

初秋與恒齋住舟彭澤余有七月初三月五律一章重經此地屈指六十日矣聚散之感愴然入懷再作一詩附九江後信

小縣江天豁，西南月吐鈎。轉頭如昨日，撫景忽殘秋。路改攀罾岸，燈明隔浦舟。烟波三宿夢，猶自戀江州。

舟過大雷岸二首

其一

雲收霧散來時路，奇險初欣過馬當。風日晴和秋澹蕩，江山平遠樹微茫。畫圖側畔移帆影，明鏡中間耀眼光。合與詩家添好句，不然辜負薄遊裝。

其二

荒洲夾岸沉漁葩，小市臨流颺酒旗。去舫校多來舫少，遠山不動近山移。鷗憐故侶行音杭相傍，雁折斜風字亦奇。一事歸人獨惆悵，匡廬西望已迷離。

夜抵黄石磯〔一〕

過盡魚罾蟹簖邊，依稀村落在山前。半江烟霧半江月，一隻夜深歸客船。

〔一〕按，《原稿》題下有注：「壬午秋曾阻風於此。」

搭魚詩有序

沿江捕魚者，碇小船急流中，截竹二尺許，緡而不鈎，繫豕肉作餌，兩人對把一竿，隨放隨收。鰷魚長二三寸者，應手而出，稍緩則吞餌逝矣。日可得數十斤，名曰搭魚。曝乾加紅麯爲鮓，鬻於寧國山中。

昔讀魚具詩，纖悉苦難曉。今來江湖畔，意外駭機巧。竹竿二尺長，芳餌繫其杪。曲鈎渾不用，緡直影隨表。濊濊水聲中，鱗鱗出白小〔一〕。有如拾蚌蛤，一一向盆沼。十不失二三，得心手馴擾。自從罔罟設，水族久莫保。此法古未傳，吁嗟更誰造。庖厨窮口腹，物命例短夭。有情爲惻然，放箸吾忍飽。

〔一〕按，《壬申紀游》及《原稿》此句後均有「前鱗似相引，後尾環且繞」二句，《原稿》後以墨筆抹去。

早過大通驛

夙霧纔醒後，朝陽未吐間。翠烟遥辨市，紅樹忽移灣。風軟一江水，雲輕九子山。畫家濃淡意，斟酌在荆關。

重登銅陵太白樓

千古奇才一謫仙，當時寂寞後人傳。誰憐我是題詩客，淪落江湖十四年。己未夏，余曾題詩樓上，今尚存。

天門山

北望采石磯，南望蕪湖關。蒼茫裕溪口，豁達天門山。長江萬里來，近海勢逾寬。到此一約束，帖然成安瀾。秋空掃濃緑，兩道蛾眉彎。亦名蛾眉山。弦月帶衆星，盡歸吞吐間。亂帆不自整，散落鷗鳧灘。浮雲本無程，日暮相與還。我行何處泊，前路方漫漫。

采石舟次喜遇介菴叔即送其游楚

半載家書斷，逢君喜欲狂。細微談近事，安慰當還鄉。别夢吴船隔，征途楚水長。忍辜今夜酒，明日况重陽。

九日三山舟中有懷德尹近得家信聞弟已渡淮

夾岸蘆花作絮飛，鯉魚風急客添衣。從來節物悲遊子，如此江山送落暉。鄉路尚成千里隔，别時原約半年歸。誰能料得貧家事，去住無端與願違。

重泊秦淮二首

其一

袁家鵝鴨薛家羊，不問當壚賣酒孃。懊惱一秋無菊看，楚人船上過重陽。

其二

市樓南北酒帘青，市上游人半醉醒。何暇管他亡國事，更將閒泪洒新亭。

金陵早發

東方大星射芒刺，一片江光白如地。去城未遠尚聞鐘，烟柳濛濛六朝寺。

登燕子磯

迴欄步步轉雲汀，若要登高更有亭。淮岸柳條秋尚緑，孝陵松氣遠尤青。城啣日出排鴉陣，天偪江低響雁翎。添得重來多少恨，西風吹帽鬢星星。憶與韜荒兄泊舟觀劇，屈指十三年矣。

同譚蘐城給諫飲朱十兄竹垞齋席上分賦

檣燈塔火照城闉，僦屋依然近作鄰。九陌並回三載夢，一官難救五湖貧。飽經世故初心在，畢竟交情老輩真。慚媿爲歡煩二主，買魚配酒餉歸人。

題鄭春薦廬墓圖

舊來宰木已參天，書帶重生丙舍前。多少康成門下士，一時俱廢《蓼莪》篇。

題朱北山西溪梅花圖卷

一篙寒水平盃緑，松木塲西凡幾曲。春頭臘尾萬梢梅，照影横斜散冰玉。花時一一爲我有，别業西溪曾卜築。廿年不到漸踈蕪，借與鄰僧挂瓢宿。上番大雪凍連月，聞道摧殘到松竹。可憐老幹剩槎枒，有似佳人在空谷。對君此畫增健羨，蟠螻龍蛇歸尺幅。欣然意到不留手，偶爾圖成聊寓目。春烟欲動氣葱葱，夜月斜穿光燭燭。略施朱粉紅間白，力挽冰霜骨勝肉。恍如幽夢向溪山，洗盡胸中筆端俗。我今倦遊百事廢，一壑能專良易足。相將同賦歸去來，花氣浮缾酒應熟。

再題霜林秋晚圖卷

長風入林瘦蛟舞，萬葉低昂争仰俯。劈開玉峽飲晴虹，倒射霜空撒紅雨。中間幾株尤耐霜，濃者得緑淡得黄。興酣渲染出真意，絹素絢爛凝秋光。瀟湘洞庭多變態，放筆知君與神會。披圖莫作咫尺觀，别有蒼茫在圖外。

王令詒過村居小飲限韻各賦二首

其一

十年出求友，時輩方縱横。與君非苟交，結托重老成。所以我諸弟，事君亦如兄。每聞君造廬，一一皆歡迎。且須惜此意，勿作匆匆行。

其二

溢城得家書，送爾倍惆悵。初秋與令詒别於九江。吾舟未東下，吾弟方北嚮。同時忽同歸，余到家半月，德尹亦歸。事固未易量。喜君復見過，此會出非望。所嗟不盡歡，鄰喪舂不相。荆州兄方丁太夫人艱，故云。無計獨留君，燈前北風漲。

題陳言揚抱膝圖二首〔一〕

〔一〕按，《原稿》題原作「十年前張子由作抱膝圖今持以示人無能確指爲余者則吾衰吾可知矣陳言揚以小照索題輒用此意作兩絶句」，後改今題。

其一

使君與僕孰英雄，寄托如何不約同。此意沈吟應共惜，半生光景畫圖中。

其二

與君識面從兒穉，不覺形容漸失真。同是庚寅吾獨老，始憐衣上十年塵。余與言揚皆庚寅生。

再題言揚看舞圖

舞袖雖長不自持，歌喉縱好有誰知。賞心或在人情外，看取停歌罷舞時。

維揚談禘初亡兄韜荒壻也今來就婚投詩見贈感賦一首

吾嫂持門户，吾兄肉已寒。夢爲雲聚散，愁見月團圞。得婿如君少，爲甥似舅難。十年存歿泪，相對不禁彈。

廉讓寄南燭子詩索和戲作一首

曹家二尺紅珊瑚，霞光照耀開座隅。季倫如意不敢擊，變作顆顆勻圓珠。冰霜太寒雪太白，可少丹砂點顔色。緑毛么鳳愛梳翎，尾重身輕飛不得。

斷硯歌寄和姜西溟

姜侯才高同屈宋，往往彈冠讓王貢。舉場老負十上名，史館貧支廿年俸。硯田一片羞自給，略似良農勤藝種。爲言此石初得時，愛與端瓊稱伯仲。端瓊亦西溟藏硯。每因拂拭誇朋友，未許收藏付僕從。平生不以文滑稽，滴露研硃事修綜。窮經恥勿草《太玄》，給札雄堪賦《雲夢》。不知磨耗幾挺墨，書到成家筆方縱。可憐尤物難久完，識者何希忌何衆。秦城十五不輕易，博浪一椎翻誤中。有情那免號癡絶，足刖荆和抱深痛。唾壺口缺琴尾焦，笑此依然配清供。作詩聊用解客嘲，屬和無端邀我共。我今所見與君異，嗜好心空色不動。膠聯漆附終有痕，來詩有「膠聯漆附太堅緻」之句。豈比天生本無縫。勸君撥棄勿復道，瓦礫寧當較輕重。君苗焚硯古有諸，持此區區欲安用。

並轡集起癸酉正月，盡三月。

余以新正束裝北上，德尹初未有出門之約。二月杪忽相遇于淮上，遂偕翁康飴、嚴定隅並轡而北。通計一春所作，無過三十餘章，皆行役之詩也，故彙成一編。

春夜飲曾濟蒼宅同徐淮江

春波門外如鈎月，六里長街未上燈。花徑初除三尺雪，雅人相對一壺冰。窮愁老境尤貪酒，樂事新年在得朋。從此兩湖添地主，余向寄徐淮江詩，有「兩湖地主惟君在」之句。每逢高會約徐陵。

貽笏圖爲徐淮江賦次李武曾韻

徐家手版傳忠襄，曾隨封事攜皂囊。牙花欲開天變候，雷雨白日搜谿堂。堂中書籤三萬軸，一一玳瑁琉璃裝。牀頭置笏牀下拜，髣髴排擊含風霜。自從尚書殉社稷，對命無復王廷揚。問君寶此竟安用，謂是祖德貽縹緗。君家祖德非尋常，日星皎皎懸孤光。百年朝典存手澤，世閱兩代源流長。公侯子孫必復舊，瓜瓞綿邈今方將。鳳雛已得韓冬郎，七歲弄筆吟繞廊。丈夫生兒有如此，用少陵《徐卿二子歌》中句。對客那得能深藏。塗鴉畫虎無不可，但是驥性終馴良。乃翁與世不同調，挾筴莫歎亡羊臧。摩挲老眼待他日，爲汝持笏還端詳。

吴門程汝諧乞詩爲節母孫太君壽

古人乞言重名義，今人乞言重勢位。數篇排比達官名，滿幅雷同錦屏字。程生壽母乞我詩，我名微賤世莫知。感生厚意惜不得，但媿窮老無妍辭。區區持贈一言耳，非此母不生此子。我爲此語豈無徵，試問南湖老居士。汝諧出老友盛鶴江之門，故落句及之。

再題東湖弄珠樓壁

滿湖新漲緑如油，五度凭欄記此樓。粉壁有詩僧代掃，青衫無趣客重遊。花邊舊事閒相觸，醉裏風情老漸休。多謝柳條長短意，尚含烟雨拂孤舟。

鄧尉山看梅與譚藼城都諫分韻

買帆下吴閶，晨夕風雨對〔二〕。掀篷喜開霽，决起逐儕輩。明波洗雙眸，遥見峰染黛。橋低榜稍進，竹密步微礙。紆徐入玄墓，梅信行已逮。古榦無醜枝，疎花有餘態。寧知山近遠，漸覺路茫昧。濃日散晨光，千林同一槩。蒸蒸氣浮動，靄靄香奔潰。人聲絲竹聲，多在白雲内。居僧揖冠裳，游女曳環佩。青紅小婭姹，紛若魚同隊。見花嬌不憐，手折鬢邊戴。本爲泠澹遊，喧沓性叵耐。翻身暫引避，穿徑出荒穢。前登馬家山，高出萬花背。境荒人罕到，鑿石初破塊。自然愜幽趣，真景非粉繢。僕本住山人，無端走關塞。故園三百樹，先植記好在。有花不得看，既出每深悔。此來復何幸，夙願償意外。神交契新賞，老戀割私愛。俗腸既蠲除，塵面一盥類。逝將營半畝，斸地把耡耒。君如娱晚計，共買花邊埭。歸田事不難，所要在勇退。惜哉迫行役，各與初心偝。解纜復踟躕，清遊幾時再。

〔一〕按，此句後《原稿》原有「東風二月初，梅信行已逮。吴中例好事，畫舫新裝載。我時忽病眼，兀坐視憒憒。天公亦變容，夜色凝靉靉」八句，後删去。

過葉已畦二棄草堂出新刻見示

叠成山勢鑿成窪，位置柴門趁屋斜。小築人皆稱得地，遠來吾不爲看花。舊遊歷歷經心眼，餘論津津溢齒牙。未敢對君談著述，十年衣袖有塵沙。

吴門勞在兹爲余作畫册

自題佳句寫雲烟，不獨詩仙畫亦仙。筆墨我緣人品重，聲名天許布衣傳〔一〕。家留林壑藏書屋，君爲洞庭西山人。春在江湖采藥船〔二〕。老覺塵埃真少味，相逢猶話住山年。

〔一〕「聲」，《原稿》作「姓」。

〔二〕「采藥」，《原稿》作「載酒」。

常熟過錢玉友河亭時玉友亦將入都。

薜荔交陰覆短墻，詩人居近苾蒭房。俄驚小别成三歲，直訝相逢在故鄉。兒摘畦蔬供午饌，婦藏斗酒佐春觴。秖愁旋被饑驅出，未必家餘住夏糧。

大石山房西城樓閣爲虞山絶勝處。

又作西城半日留，短筇筋力試山遊。愛隨雲氣穿仙掌，笑插花枝上佛頭。三面城根三面水，一層樹杪一層樓。人情那得能知足，好景多貪極目收。

留守瞿相國春暉園

不知頽廢自何年，一片傷心到目前。戰後河山非故國，記中花石尚平泉。烟埋平碧迷芳草，血染春紅化杜鵑。狼籍南雲憑檻外，愁看白日下虞淵。

拂水山莊三首

其一

名園未到已神傷，指點雲山入渺茫。老屋尚支秋水閣，墓田新拆耦耕堂。藤陰漠漠餘花紫，梧徑離離夕照黄。猶有游人來買醉，兩湖烟月屬鄰莊。

其二

滄桑殘局等閒分，野史亭邊日易曛。異代文章歸紀述，盛時裙屐屬傳聞。畫圖夢蝶尋紅豆，書劫焚魚感絳雲。留取舊栽花木在，罷官還説李司勳。

其三

松圓爲友河東婦，集裏多編唱和詩。生不並時憐我晚，死無他恨惜公遲。峥嶸怪石苔封洞，曲折虛廊水瀉池。惆悵柳圍今合抱，攀條人去幾何時。

瓜洲大觀樓張見陽郡丞屬題

柳梢城角影毿毿，烟放桃紅水放藍。到此忽驚身是客，捲簾江北望江南。

秦郵舟中紀事

截斷湖光别作隄，一條荒影亘虹蜺。居民飽食黄河鯉，客飯愁添濁水泥。不解天心何日轉，若論地勢向來低。誰憐《禹貢》揚州域，急挽東流更向西。

魚溝看桃

一村桃間一村柳，日氣射花紅撲鞍。此事今年真過分，江南江北兩回看。

與德尹同坐騾車戲作二絶句索翁康貽嚴定隅和

其一

淮浦相逢事太奇，小船同載蹇同騎。與君便是同功繭，不許人間有路岐〔一〕。

〔一〕按，《原稿》有小注：「余出門時，弟初無北游之意，忽於淮南相遇，遂同渡河。」

其　二

抵足朝朝作卧遊，欠伸一笑兩擡頭。擊殘車壁殊多事，鼠穴前頭夢八騶。

德尹詩有一龕恢恢之句用其意再作一首

别茅菴出已多年，又結津梁道路緣。添個蒲團相對坐，也如行脚也參禪。

從峒峿騎騾至紅花埠

峒峿小驛勃姑啼，路入徐州漸向西。若要看花須趁早，防他一雨便成泥。

雨阻紅花埠一日

衝風衝雨衝波浪，瞥眼江湖十載餘。肯信壯心銷便盡，一鞭泥滑怕騎驢。

望蒙山同定隅德尹作

叠翠浮嵐不記重，羣山絡繹走蒼龍。若論舉眼人人識，只有知名一兩峰。

道傍見蜣蜋轉丸

不知何意轉成圓，糞壤生涯大可憐。翻似向人誇絶技，一丸突過馬蹄前。

望　岱

一朵雲扶一朵蓮，蓮花頂上即青天。可能膚寸爲霖雨，今是乾封第幾年〔一〕。

〔一〕按，《原稿》有小注：「山左連年苦旱，故云。」

至河間聞彭椒嵒量移之信留詩寄之

八載循良吏，初還本分官。敢云從政易，轉覺致身難。客路雖相左，離愁此暫寬。一春傳旅食，今日爲加餐。

次新城先生壁間韻

餅鑪酒店兩三間，塵壁題名記往還。留得和詩人小住，緑楊簷角鳥關關。

曉過趙北口

十里風埃過鄭州，忽開雙眼見清流。緑楊影裏平橋路，數盡漁船數白鷗。

題王赤抒籬豆畫卷二首

其一

豆葉翻飜豆莢肥，檐前蔌蔌草蟲飛。故園秋意忽到眼，一陣野風吹客衣。

其二

沿籬手種兩三塍，引蔓垂梢漸滿棚。生被畫家偷樣去[一]，帶花拗折一枝藤。

〔一〕「偷」，原作「揄」，據《原稿》改。

送趙子晦之任延津二首

其一

青袍謁選十三年，此去雙鳬便是仙。滿眼簿書非俗物，太行山在印牀前。

其　二

車笠相逢兩不猜，湖湘分手又燕臺。參軍一老今頭白，重與郎君贊畫來。謂彭南陔。

次韻酬唐實君喜余入都之作

吹得楊花作雪飛，帝城春事已全非。桐經爨後孤絃絶，鐵化魚來尺素稀。東閣何期今再到，故人長恐見無幾。《詩·楚茨》疏：「幾，期也。」白頭臢爾如新在，縞帶猶堪博紵衣。

附原作

唐孫華

客散梁園墜雨飛，尺書驚見是耶非。鄰房燈火鳴鷄杳，岐路雲山候雁稀。飲酒人非攻子美，改名君且學劉幾。長須扣户吾遥識，蚤晚將迎辦倒衣。

初夏同叔毅定隅霜巖德尹坐一莖菴後香林亭

一窖黄塵没馬蹄，喜從塵外得招提。出墻僧梵風吹斷，拂面花枝鳥壓低。溝水欲流亭影去，夕陽忽到柳陰西。浮萍落絮同飄散，閒繞空廊覓舊題。己巳秋，與竹垞、水村兩遊此。

渌水亭與唐實君話舊

鏡裏清光落檻前，水風涼偪鷺鷥肩。菰蒲放鴨空灘雨，楊柳騎牛隔浦烟。雙眼乍開疑入畫，一尊相屬話歸田。江湖詞客今星散，冷落池亭近十年。

偶閱楊次也賣花詩戲次原韻五首

其　一

先從槐樹斜街過，旋到慈仁寺裏來。淺緑深紅春四季，跨驢騎馬月三回。

其　二

分明已過早春時，駘蕩風光不自持。大抵人情誇爛熳，斷無人賞未開枝。

其　三

帶來春色三分土，吹過風頭一鬨塵。莫認園丁作園主，種花人是賣花人。

其　四

白白朱朱漫作堆，舊家亭館記曾栽。閱人最有花兒匠，及見園空長緑苔。

其　五

草本經年易長成，豐臺美種一時并。當初芍藥原名貴，莫以花多便見輕。

次韻答賓君

被褐時方輕，垂綏古有戒。匪材等樗櫟，不熟讓稊稗。感君勿我棄，假館同瀟灑。城隅積水潭，浩汗滙衆派。禾苗緑油油，牕户明噲噲。棄之爲馬厩，放眼靡所届。庶幾東閣中，得士稱一快。吁嗟及時事，忿悁疑近隘。各隨出處緣，並守廉隅界。短檠光煜煜，缺月東南挂。對床連夜語，里耳竊聽怪。非無蛙聒噪，亦有鼠黠獪。集泮本好音，飛鴞吾豈解。孤生分衰賤，舊業棄土蒯。腰非長揖具，况肯望塵拜。誰能將肺肝，稽怒供裂眦。釣鈎聽曲直，碁局付成敗。似聞逐客議，棖觸動機械。時臺中有條議國學生回本籍鄉試者。世或指鷹鸇，吾其避蜂蠆。國家有大計，草野腕徒搤。言官例毛舉，通病詎能瘥。公卿非不知，相視各噤齘。可憐文廟柏，祗用便馬疥。騷除由廡下，梁木孰支壞。議難決一朝，吞吐苦不嘬。將毋國體傷，識者爲深喟。君詩雖有激，風義實誥誡。布衣何足云，道路未償債。炎埃蔽赤日，六月迫行邁。山田歸及耕，書籍行當賣。勞筋應自息，倦羽非人鎩。得喪心已空，須彌堪納芥。

附原作

唐孫華

名士今幾人，世方以爲戒。良玉溷武夫，嘉禾雜粃稗。君才固卓爾，盛製富揮洒。崇山俯培塿，溟渤吞衆派。魯邦久卑邾，淮陰豈伍噲。長安踏槐花，賓興期已届。如君得數人，制科誠一快。吏議聞逐客，斯舉亦已隘。如何辟雍中，輒畫鴻溝界。網羅失長鯨，敝笱愁空挂。厲階誠有由，壞事因鬼怪。昔者夸毗子，紛紛逞狡獪。伸喙餘三尺，臨文無半解。惡草等菉葹，微材僅菅蒯。豈有鄉里交，但下傖荒拜。大德忘丘山，小怨結睚眦。射羿弓旋彎，會洹盟屢敗。對譚語設穽，默坐心藏械。螫手類蝮蛇，噆肌甚蜂蠆。奪利腦競鹽，爭門臂各搤。猥險成世風，積疢何由瘥。所以當塗人，疾視久噤齘。驅使歸井閭，净若除癬疥。高墉惡雀穿，長堤緣螘壞。世遂嗤空名，畫餅不足嘬。因噎遂廢餐，此事可一喟。君性本冲和，三緘夙自誡。流落坐詩窮，羈棲負酒債。遇合會有時，慎勿嗟行邁。錦段久織成，何處不可賣。虎氣有時騰，鸞翮無長鎩。一名轉瞬成，行看拾地芥。

題陳履仁登車圖小影

手拂雙花五鬣雲，世家文采孰如君。八騶四望尋常事，只要來空薊北羣。

題顧書宣畫册竹箘水仙二種

其一

南去嘗鷄㙡，北來食松繖。指與紅竹菇，畫中添土産。鷄㙡産滇南，松繖産㔾山，宜興山中有紅竹菇。

其二

老根如蒜頭，大葉如蒜苗。欲抽一寸心，待此冰雪消。

敬業堂詩集卷十七

冗寄集起癸酉四月，盡十二月。

不到自怡園三年矣，相國明公聞余至都，復下榻見招。時唐實君亦以謁選北來，樂數晨夕。未幾實君因人遠遊，余旋應秋賦，倖舉京兆，遂爾滯留。自夏歷冬，大約園居之日多，城居之日少，東坡詩語〔一〕，似爲余設也。

〔一〕「東坡詩語」，《原稿》作「東坡詩云：『冗士無處著，寄身范公園。』」

次韻答愷功二首

其一

移牀來對好溪山，只作漁樵共往還。癖愛文人知業慧，未拋卷帙趁官閒。雲垂高幕藤花紫，雨放新梢笋籜斑。若向此中微領會，詩情原在寂寥間。

其　二

樹底泉聲竹外山，清暉娱客竟忘還。魚無羡意鈎宜直，碁少争心局自閒。春去蘋洲風澹澹，雨來花徑土斑斑。畫圖光景分明記，又掃攤書屋半間。時將移寓自怡園。

對雨戲效白樂天體四首

其　一

兩岸沙沈樹，千帆浪拍天。長風吹不斷，獨鳥去無邊。白酒標旗濕，紅鱗出網鮮。此時如對雨，最好是江船。

其　二

忽聽笙歌起，烟波何處尋。四圍山漸澹，一角日初沈。捲幔通荷氣，停橈隔柳陰。此時如對雨，最好是湖心。

其　三

一片秧針緑，村村罷踏車。黄梅多放鴨，鄉人以芒種買新鴨，名黄梅鴨。翠刴盡鳴蛙。種水牽菱蔓，開門落楝花。此時如對雨，最好是農家。

其　四

竹色凉窗户，泉聲落珮環。不知青嶂合，長在白雲間。篛籠分茶早，椶衫挂壁閒。此時如對雨，最好是深山。

唐實君作憎蠅詩可補歐陽賦所未備僕不復鬭奇戲廣其意得五十韻〔一〕

吾觀大化内，鼓物同洪鑪。介羽及昆蟲，種類何各殊。搜羅到瑣碎，終非磊落儒。聊爲更僕數，庶用資揶揄。飛者爲蜻蜓，穴者爲蟪蛄。在户爲蠨蛸，在簷爲蜘蛛。微明耿熠燿，背殼潛螔蝓。薄翅扇蛺蝶，細腰祝蒲盧。螻或鳴於泥，蚓或歌於塗。絡緯織作巧，糞蜣轉丸愚。螳螂怒當輪，蟋蟀勇負嵎。堆積走負板，腥羶集元駒。與人了無害，聽彼繁有徒。蠼螋險如蜮，玄蜂大如壺。鉤卷音拳。蠍刀利，針聚蚊雷轟。刺蚝有瘁肌，蠆尾有噆膚。昏昏蝨在褌，趯趯蚤躍襦。偪人雖咄咄，懷毒終區區。惟蠅獨可憎，其來胡爲乎？汝於耳目前，本不關有無。汝狀極醜惡，傴僂粧頭顱。赤幘同一冠，青蒼別形軀。兩翼六其足，公然學讒夫。汝生本臭穢，行與糞壤俱。只合老廁圊，何當闖氍毹。無端附驥尾，馳騁遊莊衢。無端入絹素，點染損畫圖。有時集於瓜，學士羣睢盱。有時止於棘，詩人互嗟吁。聲非鷄則鳴，例與狗苟呼。此特論大概，未足蔽厥辜。客從長途來，翻漿汗流珠。解衣覬少憩，喘息猶未蘇。汝何太相偪，伺隙窺門樞。我眠晨未起，汝偏攪牀敷。我起頭未櫛，汝又環座隅。我饑進盤餐，汝貪善爲狙。我閒弄筆硯，汝飽成墨豬。汝腴我合瘦，汝衆我則孤。我欲廢飲食，汝方混庖厨。汝于我何尤，抵死相迫驅。營營惑人聽，有若操契符。貝錦抱萋斐，不祥等狐烏。懷中三寸璧，點污生瑕瑜。架上一卷書，棄擲消樗蒲。凡此皆汝罪，誅之不勝誅。逝將避汝去，行行復躕躕。我力故難勝，汝情諒應輸。天下正一家，能毋懷此都。乘炎且快意，吾寧忍須臾。

〔一〕按，《原稿》題中「歐陽」後有「人」字，「不復」後有「能」字。

移榻自怡園雨後納涼

水轉橋迴路幾層，此中真可避炎蒸。陰成繞屋三年樹，光吐疎籬半夜燈。明月忽隨殘雨到，微風已作早涼徵。野人慣領田園趣，歸夢翻從借榻增。

重過相國明公園亭四首

其一

名園多在苑東偏，不數樊川及輞川。綺陌東西雲作障，畫橋南北草含烟。鑿開丘壑藏魚鳥，勾勒風光入管絃。何似贊皇行樂地，手栽花木記平泉。

其二

毬場車埒互相通，門徑寬閒五百弓。但覺樓臺隨處湧，不知風月與人同。紫駞卧草平沙外，白馬穿花細雨中。一片近郊農牧地，可容鷄犬識新豐。

其三

莫漫閒居比洛濱，猶從泉石見經綸。栽花覘土知肥瘠，種樹因材識苦辛。白傅龍門無俗客，薛宣東閣有奇人。平生齒冷孫弘輩，車廐誰論舊主賓。相國曾以唐實君文品上達宸聽。

其四

熱客稀逢抵閉關，陪遊吾亦愛投閒。隙中野馬飛揚去，雨後溪雲斷續還。隱几好風來北牖，鈎簾落日在西山。壯心敢擬蘭成賦，芳樹條新感再攀。

浴罷與實君步入水磨作

長日愁經夏，微凉晚似秋。氣蘇風到面，浴罷月當頭。老樹聽蟬立，閒溪領鶴游。飲牛兼洗馬，何處辨清流。

晚　食

且喜蚊蠅少，林深几簟凉。飛蛾輕性命，殘燭有光芒。帶草侵衣潤，藤花落酒香。魚蝦供晚食，風物近江鄉。

雨牕遣興示愷功

小雨密復疎，虚牕深更緑。瀟瀟延静聽，窅窅盡遐矚。抱葉無一蟬，隔林下雙鵠。鷄鳴覺村遠，水響知石觸。殘夢有時醒，幽情恍相續。眼前領閒趣，取適聊破俗。華髪脱新梳，輕衫便晚浴。早衰易壯嗜，外垢非内辱。思營五畝園，未遂半生欲。此身本如寄，繆算徒碌碌。菟裘等蘧廬〔一〕，豈必皆我屬。不如且聽雨，濁酒貰鄰曲。醉鄉有天地，避此六月溽。歸計待秋凉，無裝何用束。

〔一〕「廬」，《原稿》作「爐」。

鷹坊歌同實君愷功作

風林蕭蕭夏脱木，坊以鷹名似牛屋。其中最大名海青，戴角森然異凡畜。我初識名自《遼史》，特産曾傳女真獨。楛矢同來肅慎庭，初時底貢猶臣服。屢求難厭禍旋結，兩國興亡手翻覆。天教此物雄海東，自長窠雛成一族。康熙天子神聖姿，駕馭英雄兵不黷。每因纘武勤校獵，遠致奇毛比臣僕。紫荆關外秋氣高，狐兔寧容草間伏。腥風霍霍滿天地，白日無光散原陸。揚旜表貉出從禽，王用三驅力争戮。是時海青更精悍，臂出緑韝調養熟。翲身一去高没雲，注目秋空走馬逐。蹄間十丈莽開闊，驀過林巒躍坑谷。忽看天半挾天鵝，奔電流星下投速。羽林健兒拍手笑，奏凱不煩遺矢鏃。却來斂翮復依人，仍以黄縧掣雙足。三時飼養一朝用，如許恩波等休沐。奉先性在饑附人，定遠功成飛食肉。不知給俸視幾品，肥瘦論斤常量腹。生牛乍割血猶紅，小鳥一吹毛盡禿。見人作勢俄聳肩，獨立有時還側目。無端對此我心惻，相向移時額顰蹙。獅兒噉虎魚食蝦，吞噬成風傷末俗。生意漸微真可嘆，殺機欲動休輕觸。以仁易暴古所云，恃猛争强非汝福。我願皇天仁百物，常産鳳皇生鸑鷟。自然郊藪萃禎祥，盛世多珍四靈畜。

次實君溪邊步月韻

雨過園林暑氣偏，繁星多上晚來天。漸沈遠翠峰峰澹，初長繁陰樹樹圓。螢火一星沿岸草，蛙聲十里出山泉。新詩未必能諧俗，解事人稀莫浪傳。

大雨行

晚來怕熱喜聽雨，卧看商羊獨足舞。五更驚覺忽砰訇，摇動空城作雷鼓。檐前急溜非一派，併作飛濤湧堂廡。須臾暴漲床欲浮，電火燒窗時一吐。沈沙盡作十里坑，斫樹齊張萬人弩。排墻墮瓦聲拉雜，助以風威猛於虎。老翁折臂婦裹頭，露立號咷到童竪。城門兩日不敢開，濁浪如河勢難拒。五行厥占屬灾異，疾痛况欲加摩撫。老夫昨日得家書，見説吴田槁禾黍。北方苦潦南苦旱，天大要是生民主。可能造化一轉移，坐使兩邦歌樂土。

送唐實君遊江西

猛雨撼城城欲動，粘天黄潦如霾霿。阜城門外一丈泥，馬濺花鬉四蹄壅〔一〕。問君此時有底急，結束輕裝挾飛鞚。故人奉詔赴西江，才子持衡推小宋。時宋念功編修典試江右，實君與之同行。舊開東閣交最契，攬轡南行邀與共。文章取士意已輕，科目成名俗猶重。如君致身本高第，頭白挽强方命中。可憐進士不得進，李太白詩：「君爲進士不得進。」上積千薪苦沈壅。競傳枳棘争集猴，縱有梧桐偶棲鳳。紛紜野馬巧乘隙，狼籍醯鷄工覆甕。侏儒飽死方朔饑，曷不江湖且陶縱。我留輦下大可笑，妄覬微名上鄉貢。初聞逐客姑逡巡，旋悔爲儒被嘲弄。吹竽鼓瑟兩難强，貫蝨屠龍等無用。布衣有骨天所憐，老大寧能逐儕衆。惟君知我謂我真，往往清吟托閒諷。郊園木牀連曲尺，荷氣藤陰滿香衖。二字出《昌谷集》。風光不礙泠澹遊，日月正宜瀟灑送。君今别我忽徑去，舍矢難追弦就控。此邦山水要君詩，豈獨飛雲標畫棟。匡廬舊有讀書地，我昨留題滿巖洞。待君再上紫霄峰，他日遊仙記同夢。

〔一〕「壅」，《原稿》作「重」。

姜西溟至都二首

其一

三年一别兩蹉跎，短策重聞酒市過。白髮舊遊諸老散，青雲同學少年多。僦居那得高賢廡，支俸聊隨博學科。幸是一氈留故物，曾包老硯歷關河。姜於滄州被盜，故云。

其　二

濩落生涯久自疑，重來笑我亦胡爲。曾從祖父承餘澤，只道科名似盛時。逐客幸蒙寬後議，憐才何敢望新知。不如蚤築畦風閣，結伴歸畊未算遲。

晚行裂帛湖上觀水勢

西山前夜雨，暴漲聲辟易。昨日與橋平，今朝露水柵。晚來覘盈縮，又減三五尺。一條修尾蛇，東向投遠碧。菰蒲盡偃仆，上帶泥土迹。我欲追躡之，前行洑磐石。初疑遇壯士，拔劍斫其脊。徑開中已拆〔一〕，首尾猶跳擲。却坐石上觀，平心隨所適。有如杯底影，仰面意旋釋。人生駭愕緣，多伺躁妄隙。歸來虚室中，静見鼻端白。

〔一〕「拆」，《原稿》作「斷」。

甕山麓尋耶律丞相墓

裂帛湖東下馬行，遥聞樵斧響丁丁。盡髡草木非山罪，難向牛羊問墓名。石椁千年誰不朽，金椎一穴尚如生。我來忽墮無情淚，土蝕殘碑恨未平。明末有人發冢，見一頭，加常人數倍，亟閉之。後掘得碣石，知爲公墓。

青龍橋

甕山西北巴溝上，指點平橋接碾莊。自甃清渠成石堨，盡迴流水入宫墻。殘荷落瓣魚鱗活，高柳飄絲鷺頂凉。不礙蹇驢行躄躠，有人緩轡正思鄉。

玉田觀早稻

灌園餘潤及平疇，千畝從無旱潦憂。總秸已供三壤賦，陂池新奉上林遊。神絃報祭秋長早，勾盾徵租歲倍收。别與《豳風》編月令，築塲時節火西流。官田早米，例於七月初十前貢新。

廢功德寺

瓦落空墻土盡崩，雜耕猶剩兩三僧。晨參柏子留禪偈，夜看松花照鬼燈。駐蹕亭邊牛呞草，明宣宗西郊省斂，駐蹕寺中。釣魚臺畔鼠攀藤。寺前舊有元主賞花釣魚臺。木毬斗大今安用，木毬事見《帝京景物略》，今寺中猶供之。自古琳宫有廢興。

吕公洞輪菴禪師蘭若

只道山窮水亦窮，忽攀石磴與雲通。芙容殿底三重閣，楊柳橋南一面風。老去文人多入道，從來絶境必凌空。知君欲傲長江簿，佛號曾呼禁苑中。絶頂有飛閣，不可上，即金章宗芙容殿故址。

玉泉山

銷夏誰知別有灣，孤雲一角截西山。千家舊業鼃魚國，十里提封虎豹關。欄楯離離金碧上，歌鐘隱隱翠微間。清泉自愛江湖去，流出紅墻便不還。玉泉山舊爲金章宗避暑地，故首句云。

題相國永城李公所藏崔白健翮鏖風圖

墨花一柄風翻荷，一葉展仰正不頗。傍添一葉作欹蓋，上有健翮如天鵝。初飛未高去水咫，已覺遠勢無江河。生綃八尺畫止此，妙手落墨寧誇多。流傳要是北宋物，幸免小印鈐宣和。若教藏弆入秘閣，靖康那得逃干戈。永城相國鄴侯裔，牙籤三萬森駢羅。故家世寶此其一，鑒賞精絶知匪訛〔一〕。華堂五月開示客，几席瑟瑟生迴波。君不聞濠梁大圖徑三丈，天女織絹鳳擲梭。江天十里尚無恙，賴有好句傳東坡。東坡有《題崔白大圖》詩，見集中。白，濠梁人，故稱濠梁崔。人間真蹟久難恃，閲世容易千年過。我詩淺薄不足道，請公自賦鏖風歌。

〔一〕按，《原稿》此句後尚有「曾經拜手上萬壽，御榻含笑親摩挲。至尊不忍奪所好，仍許故物歸行窩」四句，姜西溟評時删之。

愷功將有塞外之行邀余重宿郊園賦此志别

今年夏多雨，所向泥塗妨。君家近水園，一溪緑泱泱。謂宜着冗士，𥖁户延清光。豈惟洗塵埃，直欲忘炎凉。故人督我嬾，促我赴舉場。明知計大謬，聊逐槐花忙。初秋束書出，臨行意迴遑。僦居宣武門，人海昏茫茫。猶疑清夜夢，流水繞我床。昨朝急足來，扣門語傍徨。聞子有遠適，結束隨龍驤。腰懸八札弓，行逐楯楏郎。可憐非汝好，所用違其長。憶子從我遊，翩翩富辭章。十三見頭角，已在成人行。今來猛績學，下筆尤老蒼。貫穿及韓蘇，結撰卑齊梁。居然希作者，恥與時頡頏。玉之使有成，遠到詎易量。重來忍言别，戀戀林泉傍。爲我掃庭除，故榻仍在房。小雨灑籬落，雜花間紅黄。苦爲一宿留，故意不可忘。子才百事能，皇路今方將。我衰萬念冷，逝當返畊桑。浮萍寄波濤，聚散原無常。

參辰渺河漢，耿耿遥相望。勗哉平生言，卒以初願償。無爲愴離合，萬里如一堂。

早發良鄉至琉璃河騾背偶成

唤迴殘夢得清晨，詩境重開又一新。淡到明河猶見月，洗來灰洞已無塵。灰洞在良鄉之南。牛蹄應鐸行偏緩，馬意驚鞭策要頻。慚媿琉璃橋下水，鬢絲催换十年人。

涿州道中書所見

折葦沈沙積潦餘，高田成岸岸成渠。胡良河上扶犂叟，網得萍根二寸魚。

祁陽道中

一村榆柳一村鴉，帶井沿籬路向斜。野棗風輕時落實，木棉秋晚尚開花。青旗賣酒竿竿影，紅袖騎驢幅幅紗。迴與近畿風景别，田莊從此屬農家。八旗莊户至清苑而止。

晉州署中與陳六謙話舊

魯柝聞郕境本連，兩邦争説使君賢。晉州與深澤接壤。歌傳馴雉民方樂，舃化飛鳧吏亦仙。

却話舊遊如夢裏，誰知岐路判樽前。難抛一寸西窗燭，中有離居十六年。

雨中重渡濱水

路僻泥深出店遲，一鞭照影又清濱。敝裘自領新寒意，歸雁如尋九日期。倚樹風聲尤跋扈，得烟柳色尚迷離。敢因遇雨嗟行役，正是犂荒下麥時。

大冉橋聞雁

殘荷老柳蕭蕭意，秋在平橋水氣中。年去年來一繩雁，殢人歸信是西風。時聞北闈榜發，余名在二十。

重至京師和德尹看菊詩二首

其一

野景貪從廟市收，瓦盆高下蕊新抽。風前最愛香盈袖，醉後還須插滿頭。老圃别傳移種法，故人來作看花遊。遲開自是關天意，斟酌芳期在晚秋。

其二

一籬黄葉擁村莊，嘆惜陶家徑久荒。九日已過初泛酒，兩人相對忽思鄉。古來佳節多風雨，此後清吟耐雪霜。落帽臺邊回白首，心情不似少年狂。

送卓次厚南歸

多才能自愛，失意問誰堪。不作憤時語，轉深吾輩慚。柳條攀欲盡，梅信到應探。鄉思因君觸，心隨候雁南。

陸澹成侍講新葺書齋名懷鷗舫招同人雅集分賦

江湖宛在小牕前，便欲從君借榻眠。夢作白鷗歸未得，鱸鄉亭外水如烟。

題畫贈揚州王漢藻

一路垂楊記泊船，北湖南埭水浮烟。君家舊住茱萸汫，别築灣頭小輞川。揚州有茱萸灣，故云。

德尹將南還次韵志別三首

其一

數過初冬又一旬，誰知咫尺有參辰。到家歲月驚新曆，題壁詩篇記暮春。雨雪暗侵摇落候，冰霜偏老別離人。獨留真覺無聊賴，擬學揚雄賦逐貧。

其二

自笑逢時術未精，人間無用是虚名。家門似我慚爲長，才器如君合晚成。別館能無三宿戀，歸途只要一冬晴。最憐今夜霜天月，畫角吹殘布被輕。

其三

小榼三升貰涷醪，也應與爾慰牢騷。不因富貴思彈鋏，或有英雄辨捉刀。風雨慣曾憐弱弟，田廬忍便委兒曹。丁寧一語煩相誡，畫虎休輕學伯高。

大風出西直門至自怡園愷功方擁爐讀史

萬斛沙如萬斛潮，捲空殘葉剩枯條。到門日影龍蛇活，拔地風聲虎兕驕。十里欲迷城北路，一鞭重渡苑西橋。圍爐薄雪年時夢，留取閒人話寂寥。

題王令詒松南柳磯圖三首

其一

自截�竿八尺餘，偶從沙際伴春耡。人間果有絲綸手，未必臨淵便羡魚。

其二

曾是春衣染汁新，一官臨出又逡巡。萬條楊柳風情在，猶戀當年手種人。

其三

三畝菱租割水田，披圖閒惜好山川。歸人預作明年計，欲借橋東放鴨船。

洞庭秋望圖爲同年姜西溟題

我昨扁舟帆去聲。湖水，出没鷗羣鳧隊裏。西風吹偃萬梢蘆，斗柄插空將北指。庚午秋冬間，余寓居洞庭東山。君時正作桑乾客，南北相望渺千里。念君落第招君歸，已是明年三月尾。其秋我復游廬阜，走上雲頭振衣履。海綿片片盪吾胸，奇絶生平乃有此。洞庭直可盆盎眝，七十二峰同撒米。有如天半立峨眉，下視成都居井底。君爲此圖毋已隘，細寫秋毫入側理。男兒失路真可憐，澤畔行吟聊復爾。今來又赴京兆試，失固其常得差喜。與君同榜獲聯名，王後雖卑吾敢恥。却披横卷索新句，一笑如皋方射雉。才名誤汝四十年，决踵何堪比截趾。至尊久已記名姓，虚向蘭臺署良史。探支官俸月一囊，揮灑傭書日千紙。須長及腹誰攬之，髮白滿頭行老矣。向來蹭蹬天有意，特與先生慰暮齒。眼前同進俱少年，感歎無端從此始。翻思舊狎漁樵伴，故展烟波洗窗几。不然此畫且善藏，勿更題詩乞餘子。

座主侍讀徐公將南歸感恩述事六首

其一

公竟飄然賦《遂初》，輕裝如葉稱懸車。自編永叔《歸田録》，誰上何蕃伏闕書。臘雪寒消傳盞後，春飆夢穩挂冠餘。白頭别有千秋業，或恐名山勝石渠。

其二

特簡初傳出禁林，文章曾結主知深。敢云得馬非初意，莫誤飛鴞是好音。魚尾經燒憐短鬣，桐材入爨辨孤琴。恩牛怨李翻多事，只要羣公識此心。

其　三

貫魚立鵠萬人看，盡掩雲羅事最難。那得高才皆入彀，每聞餘怒必衝冠。向來清議寧隨俗，從此朱絃恐廢彈。不信滔滔將日下，江湖無計障狂瀾。

其　四

水底含沙豈有因，何當舉國逐浮塵。險經負羽沈舟會，勇作抽帆到岸人。難挽頹風歸太古，獨迴天意入陽春。漁樵一席誰争得，私第歸來尚角巾。

其　五

虚舟飄瓦閲人情，得失心恬氣自平。駿骨孰緣千里重，鴻毛公視一官輕。同朝盡諒憐才意，聖代能全去國名。怪底青衫添别淚，十年門下舊諸生。

其　六

絶無聊賴住京華，年去空歌蘇幕遮。枯樹忍攀前度柳，新霜誰護後栽花。愁來客况渾如醉，身在師恩豈有涯。嬴得陸公爲舉主，儘容開口向人誇。

毘陵楊青村謁選得普安令王石谷爲作黔遊圖索余題句兼以贈别

萬尖石筍高刺天，日氣挾霧生黄烟。盤江中截兩崖斷，高絙一道虹蜺懸。尋橦裊裊度空際，下有千斛蛟龍涎。普安孤城小於斗，險扼地勢當黔滇。城頭置堠城下驛，官舍坐見行人肩。楊君一官乃落此，幸是熟路無迍邅。憶君年當十八九，白面便已能談邊。趨庭萬里不辭遠，直過瘴嶺隨飛鳶。辛酉夏秋，青村省其尊公秋屏憲副於貴西官署，余時遊黔，始與相識。是時西南屬兵革，郡邑疾苦方顛連。爾來休養踰十載，瘠土已變桑麻田。朝廷況下寬大詔，積賦逋稅新除蠲。君今乘傳又重到，何異舄化雙鳧仙。畊烟散人好事者，遠境寫入秋毫顛。山川歷歷都在眼，我愛此景非從前。小詩或可當别操，待爾譜入琴堂絃。

寒夜同王令詒魏水村顧書宣家可亭姪集楊晚研庶常齋分韻得寫字

官閒門徑僻，歲晏人事寡。厭俗謝交游，往還惟舊雅。僦居適相近，踏凍免騎馬。巷北召王猷，巷南邀魏野。顧生住西弄，寓舍喜新假。我至每劇歡，招呼臂同把。北風吹天晴，城上烏啞啞。寒光潑初月，殘雪猶在瓦。此時不作達，可惜白玉斝。地菘翠成菹，水族鮮製鮓。盤餐媚鄉味，口似薹頤哆。鄰沽雖稍甜，轟飲亦聊且。晚研以不得佳釀〔一〕，故其詩有「濁酒甘同昵惡人」之句。我生類知分，即事有取舍。疋如熊掌魚，那得兼二者。十觴竟連釂，塵面爲一赭。主人負詩才，劈紙給揮灑。敢辭押强韻，數子賴陶冶。吟從夜枕續，卧聽街鼓打。所恨不善書，當令阿買寫。

〔一〕「晚研」，《原稿》作「耑木」。

僕舊有青田凍石一枚歸晚研六年矣頃遇范子方仲於京師范精於篆刻許爲我摹小印而此間覓佳石不易得意欲晚研反我故物作詩先之

鑿石雕蟲魚，此舉誰作俑。後來琢山骨，價比大小珙。匹夫懷奇珍，惴惴初抱恐。連城既入趙，負曲敢虚擁。和璧竟歸秦，陋邦手徒拱。自兹嗜好捐，萬事成闒茸。殘編任飽蠹，退筆詎銘冢。空憑咄咄書，硯乏纖纖捧。何當餘結習，往往吟肩聳。好事偶分牋，塗鴉每慚悚。丹砂綴小印，紙尾毋已冗。范子故見嗤，刓敝寶非種。擲地作石聲，從旁乃慫恿。當時巾笥蓄，有若蛾化蛹。去我今六年，居然戀新寵。刻舟勞記劒，觸物心猶竦。昨日聊叩君，機鋒鬬針孔。秘藏戒輕出，防我或好勇。攫之寧非顛，健者豈惟董。輸攻力易竭，墨守計仍鞏。不如且姑緩，静俟天倪動。奇巧出窮人，詩端忽噴涌。明朝走尺蹏，待命不旋踵。盟渝息壤舊，歸視汶田重。在我猶在君，報章行及奉。

晚研見和前篇謂余有新蓄壽山小石援東坡海石之例欲以此易彼重違其意割愛分贈二枚再次韻速其踐諾舊石之歸有日矣來翰有邀令詒水村書宣三子屬和之語兼以示之

假道蓋有由，兵端實始俑。君如早識此，堅壁却吾珙。逡巡不入境，下邑方惶恐。奈何昧厥初，納賂覬私擁。青田吾重寶，掌握失把拱。豈無他山攻，頑礦棄紛茸。壽山快新得，餘子欲奪冢。炯然珠玉光，入掬似可捧。圓者廉角殺，方者風骨聳。昨偶出示人，旁觀盡驚悚。老夫喜省事，羅列稍嫌冗。因憶巨璞完，吾家有遺種。作詩乞故物，致語極慫恿。兩日縈我懷，有若絲纏蛹。君初非豪奪，繼乃絶矜寵。故以文滑稽，發端特高竦。錙銖責施報，計筭到桑孔。平生怯小敵，今見大敵勇。肯爲城下盟，執筆耻南董。相持兩不決，京索成皋鞏。飛書奏奇功，小利戒輕動。叩關索敝賦，彼勢猶洶涌。割愛忍須臾，禮成門欲踵。中原有好會，信義鄰邦重。後約勿更渝，槃敦吾將奉。

門神詩戲同實君愷功作四首

其一

賺得兒童仰面看，彯纓袨服最無端。國門他日曾懸價，駔儈何人敢賣官。丞相魚魚工擁笏，將軍躍躍儼登壇。星奴結柳翻多事，五鬼爭彈貢禹冠。

其二

揚眉氣色任充閭，比較門風孰不如。幾見華楹留故帖，偶繙新曆當除書。閽能拒客非關汝，錢可名神儘讓渠。久閱人情吾勿怪，過時光景合交疎。

其三

虎豹森森列幾行，誰教骫髒倚門旁。通侯湯沐虚傳漢，陳平封户牖侯。進士科名尚冒唐。用鍾馗事。魚鑰同時司啓閉，雀羅終歲有炎凉。相逢白日多魑魅，乞與先生却掃方。

其　四

《戾家歌》裏撥寒灰，歲酒逡巡酹一杯。凡鳥有人題字去，冥鴻幾個挂冠回。好官第宅多相望，野老柴荆肯浪開。直與歸人占吉夢，也煩呵護不祥來。